weitere Buchtitel:
- Liebe mich, rette mich
- Wenn Werwölfe Fledermäuse lieben

www.meynebuecher.de

Herstellung und Verlag:
BoD - Books on Demand, Norderstedt
ISBN 978-3-7357-5913-9

Wie oft musst du sterben, bis ich dich retten kann?

von
Martina Meyn

Prolog

Die Dunkelheit lag in der Gasse, selbst das Licht der beiden schwach leuchtenden Laternen schaffte es nicht, diese zu durchdringen. Kalter Wind trieb Papierfetzen vor sich her, ließ die alten Fenster der leer stehenden Häuser, dessen Rahmenfarbe abgesplittert war, leise klappern.

Dennoch bewegte sich die in einen schwarzen Mantel gekleidete Gestalt mit präziser Sicherheit zwischen den überfüllten Mülltonnen und daneben liegenden Abfalltüten über den Asphalt.

Die Augen waren perfekt auf die Nacht abgestimmt, nutzten jede noch so minimale Lichtquelle. Im Moment war dies der Halbmond, der vereinzelt sein kaltweißes Leuchten an den Wolken vorbei zur Erde schickte.

Vor einem halb zugestellten Gullydeckel stoppte er, strich sich mit beiden Händen einige Haarsträhnen aus dem Gesicht, bevor er sich niederkniete und seine Finger in die im Kreis angeordneten Löcher des Deckels schob.

Ohne große Anstrengung hob er ihn an und schob ihn von der Einstiegsluke zur Kanalisation.

Leises Rascheln hinter ihm ließ ihn den Kopf leicht wenden. Eine einzelne Ratte hockte auf einem der Tüten, beobachtete ihn.

Doch dann erklang ein weiteres Geräusch. Eines, was hier absolut nicht hingehörte, zumal die Gasse eigentlich menschenleer wirkte.

Die Stirn runzelnd richtete er sich auf, lauschte. Das Geräusch wiederholte sich, schwach nur, für ihn jedoch klar hörbar.

Das Wimmern eines Babys.

Tief durchatmend blickte er zurück zur pechschwarzen Öffnung zu seinen Füßen, dann schob er schließlich den Deckel mit einem Fuß zurück, verschloss die Kanalisation wieder.

Nur wenige Schritte weiter fand er schließlich die Quelle. Zwischen den Mülltonnen lag ein kleines Mädchen in einem Pappkarton. Nicht einmal eine Decke bedeckte den unterkühlten, bereits bläulichen Körper der Kleinen und ließ somit erkennen, dass sie nur wenige Stunden als sein konnte.

Sie bewegte sich kaum, schien jegliche Kraft verloren zu haben und für andere, rein menschliche Ohren wären ihre Laute nicht einmal mehr zu hören gewesen.

Die Augen kurz verschließend, jagten sich in seinem Kopf die Gedanken. Doch sein Herz sprach bereits klare Worte und so beugte er sich hinab, streifte sich dabei den Mantel von den Schultern und wickelte das Neugeborene darin ein.

Nicht einmal einen Herzschlag später war die Gasse bis auf die Ratten leer.

Michael zuckte heftig zusammen, als im Eingangsbereich des Stadthauses direkt vor ihm sein Arbeitgeber erschien. Lediglich jahrelange Übung und Erfahrung verhinderte, dass er die teure, chinesische Vase fallen ließ, die er gerade neben die Garderobe auf die kleine Kommode stellen wollte.

„Herr? Wolltet ihr euch nicht zurückziehen? Habt ihr etwas vergessen?" Eigentlich unmöglich, so akribisch, wie der Schwarzhaarige alles in den letzten Wochen erarbeitet hatte, um für die nächsten Jahre abzutauchen.

„Planänderungen, Michael. Ich werde meine Ruhe wohl für die nächste Zeit nicht genießen können."

Deutlich konnte der Fünfundvierzigjährige den Sarkasmus in den Worten mitschwingen hören. Denn sein Boss tat einiges, aber die Ruhezeiten in seinem Leben genießen, gehörte mit Sicherheit nicht dazu.

Erst das leise Weinen lenkte seine Aufmerksamkeit auf den zu einem Bündel zusammengefalteten Mantel in den Armen des Schwarzhaarigen.

„Was ist das?"

„Ein Kind?" Brayan lachte auf bei der Frage, wurde aber sofort wieder ernst. „Irgendjemand hat sie weggeworfen wie Müll. Sie braucht einen Arzt und mit Sicherheit hat sie Hunger."

„Aha." Michael fehlten tatsächlich für Sekunden die Worte, dann jedoch überwand er den Schreck und nickte hastig. „Ich kümmere mich darum." Und schon hastete er zum Telefon, erleichtert, dass seine alten Kontakte aus seinem früheren Leben im nicht ganz legalen Bereich der Zivilisation doch noch nützlich sein konnten.

Zwar hatte er nach der Begegnung mit seinem Boss vor fünfzehn Jahren alle Brücken hinter sich entschieden abgebrochen, doch nun würde er zumindest eine wieder notdürftig aufbauen und einen längst schuldigen Gefallen einfordern.

„Rufe auch gleich noch James an. Die junge Dame hier wird Papiere brauchen."

„Selbstverständlich."

Es gab Dinge, die würde Michael nicht hinterfragen. Er musste nicht alles wissen, was diesen Mann betraf. Obwohl er nicht aussah, als wäre er älter als achtzehn, schien manchmal in seinen Augen das Wissen hunderter Leben hervorzuschimmern.

Und Michael ahnte, dass sich hinter dieser harmlos wirkenden Fassade weit mehr verbarg, als er je wissen wollte. Sein Boss war anders, gefährlich, ähnlich einem Raubtier, das man nicht im Dunkeln bei der Jagd treffen wollte. Dennoch hatte er ihm damals geholfen, als es Michael wirklich schlecht ging und sein Leben in höchster Gefahr war.

Diese Schuld würde er niemals begleichen können, egal welche, auch immer vorhanden Fäden er zog.

Alles würde er für Brayan tun, sogar sein Leben geben, sollte dies je erforderlich sein.

Und wenn er nun ein Kind bei sich aufnehmen wollte, wer war er seine Hilfe zu verweigern?

Nachdenklich musterte der Schwarzäugige das kleine Mädchen, das friedlich schlafend in dem provisorischen Nest aus zusammengerollten Decken lag.

Der ältere Mann, der am Fußende des Bettes auf einem Stuhl sitzend eingenickt war, war für ihn absolut unbedeutend. Lediglich ein jämmerlicher Mensch, der nicht weiter beachtenswert war.

Vielleicht sollte er dem Spiel eine zusätzliche Würze verleihen?

Könnte spaßig werden, zu sehen, ob Brayan den Kampf gegen ihn weiter fortsetzte oder endlich aufgab und der dunklen Seite nachgab.

Es war für ihn schon verwunderlich, wie verbissen dieser Mensch an seinen Gefühlen hing. Und auch, dass diese noch immer erwidert wurden, war für ihn ein Rätsel.

Entschlossen beugte er sich runter, berührte das Baby mit den krallenbestückten Fingern an der Stirn.

"Was tust du, wenn du gleich zwei Menschen verlierst, denen du dein Herz geschenkt hast?", flüsterte er.

1. Kapitel

Rauch brannte in ihren Lungen, ließ sie heftig husten. Hitze umgab ihren vor Angst zitternden Körper.

Trotz der heftigen Bemühungen kam sie nicht weg, musste an Ort und Stelle verharren. Stricke fesselten ihre Arme an den Pfahl hinter ihrem Rücken, schnitten in die Haut.

Endlich klärte sich der verschwommene Blick und ließ sie die Umgebung besser erkennen. Gleich darauf musste sie aufgrund der gewonnenen Erkenntnis laut schreien.

An ihren bloßen Füßen, die auf einem Scheiterhaufen standen, züngelten Flammen.

Laut rufende Menschen standen um den Holzstoß herum. Sie konnte immer wieder ein Wort in einer Endlosschleife hören.

"Hexe!"

Sie versuchte ihre Füße hochzuziehen, doch auch dies wurde durch Stricke verhindert.

Die Flammen berührten ihre Haut, die Schmerzen wurden unerträglich. Ihre Schreie gingen in einem erneuten Hustenanfall unter, da der Rauch sich in ihre Lungen fraß.

Schwindel erfasste sie und ein Gedanke stach mit präziser Klarheit aus dem Chaos in ihrem Kopf heraus. Sie wollte an dem Rauch ersticken, bevor sie in dem Feuer verbrannte.

Doch der aufkommende Wind schien genau das nicht zulassen zu wollen, denn er vertrieb den Qualm, fachte die Flammen dafür an.

Tränen brannten in ihren gereizten, verquollenen Augen. Ihr Körper kämpfte automatisch darum, frische Luft in die Lungen zu bekommen.

Der Schwindel nahm zu, ihr Blick verdunkelte sich, während ihre Sinne abschalteten, um die weiter ansteigenden Schmerzen der verbrennenden Haut nicht zu spüren.

Bevor ihre Augen sich ganz schlossen, ihr Geist sich ganz ausklinkte, erkannte sie zwischen dem wütenden Mob eine schlanke Gestalt mit auffallend blauen Augen, dessen Farbe sie sogar trotz der Entfernung sah. Ein wohliges Gefühl breitete sich in ihrem rasenden Herzen aus und die Todesangst klang ab.

"Brayan", krächzte sie, versuchte die herannahende Ohnmacht zu bekämpfen.

Obwohl er sich durch die Menschenmasse kämpfte, dabei um sich schlug und die Rufe sich in panische Schreie wandelten, wusste sie er würde es nicht schaffen sie rechtzeitig zu erreichen.

Er schaffte es nie. Dafür würde man schon sorgen.

"Ich liebe dich", formten ihre Lippen.

Diesmal weinte sie aufgrund der überquellenwollenden Gefühle, die sie fühlte und sie spürte nichts mehr von den Qualen. Ihr Kopf sackte nach vorn, ihre Sinne schalteten sich komplett ab.

Laut schreiend schoss Nika in ihrem Bett in eine sitzende Position auf.

Heftig nach Luft japsend tastete sie panisch nach dem Schalter der Nachttischlampe, während sie sich aus der völlig zerwühlten Bettdecke zu befreien versuchte.

Kaum erhellte die Glühbirne das Zimmer, starrte sie auf ihre Füße, an denen nichts zu erkennen war von den Flammen. Makellos blasse Haut, so wie es sein sollte.

"Brayan", flüsterte sie, wandte sich zu dem Bilderrahmen auf dem Nachttisch, auf dessen Bild sie mit ihrem Adoptivvater abgebildet war.

Wieso träumte sie von ihm?

Wieso träumte sie so etwas Schreckliches?

Niemals würde der Mann, der ihr das Leben gerettet hatte, zulassen, dass sie solche Qualen durchleben musste.

Und Scheiterhaufen und Hexenverbrennungen gab es doch überhaupt nicht mehr.

Was sollte also dieser Traum?

Nika blinzelte, fühlte wie die Anspannung und Angst langsam aus ihrem Körper wich, jetzt wo sie ihre Gedanken wieder in den Griff bekam.

Obwohl sie in dem Traum direkt bedroht gewesen war, hatte sie jetzt das Gefühl, dass es gar nicht sie selbst gewesen war, dort in dem Feuer.

Wie war das nun wieder möglich?

Erneut blickte sie zum Nachttisch, diesmal auf die rot leuchtenden Ziffern des Weckers. Vier Uhr und zwanzig.

Somit würde sie ganz sicher nicht noch einmal versuchen zu schlafen. Stattdessen würde sie diesen Albtraum beenden und einfach die Uni ausfallen lassen.

Nika musste mit Drayan reden. Er wusste so viel und schien auf jede Frage eine Antwort zu haben. Außerdem schaffte er es immer, ihr jegliche Ängste und Sorgen zu nehmen.

Nur mit ihm zu sprechen war eine einwöchige Erholungskur. Man konnte sich fallen lassen und entspannen, wohl wissend, dass er sich, wenn nötig um alles kümmern würde.

2. Kapitel

Es war Ende September und es schüttete als wollte der Himmel ganz London unter Wasser setzen.

Nika saß in ihrem kleinen Oldtimer-Käfer und beobachtete das alte Stadthaus, in dem ihr Adoptivvater wohnte. Obwohl er unzählige Immobilien, verteilt in der ganzen Welt, besaß, war ihm dieses hier die liebste.

Zum dritten Mal war die Blonde jetzt hier. Diesmal musste sie wirklich hineingehen, auch wenn das hell erleuchtete Fenster ganz rechts im ersten Stock nichts Gutes bedeutete, sie gerade deshalb ihre vorherigen Versuche abgebrochen hatte.

Sie liebte Brayan. Der Mann hatte ihr Leben gerettet, als ihre eigenen Eltern sie im Stich ließen, als sie, gerade einmal drei Stunden alt, zwischen Pappkartons und Abfalltonnen abgelegt wurde wie Müll. Aber sie hatte in ihren zwanzig Lebensjahren gelernt, dass Brayan Geheimnisse in sich trug, die sie besser nicht ergründen sollte.

Er war ein Vater, ein Bruder, ein Freund, ein Berater und ein Beschützer. Doch in den Tiefen seiner hellen blauen Augen schimmerte etwas, was Angst machen konnte, was Nika deutlich machte, dass sie von ihm nichts als die Oberfläche kannte.

Wollte sie wissen, warum er trotz der zwei Jahrzehnte noch immer aussah wie Anfang zwanzig, wenn nicht sogar etwas jünger? Anfangs wirkte er wie ein zu jung gewordener Vater, dann wie der ältere Bruder. Mittlerweile war er vom Aussehen her der jüngere Bruder geworden.

Brayans einziger Kommentar bei Nikas Nachfrage war: „Ich halte mich gut oder?"

Wollte sie wissen, was die beiden perfekt geformten, fledermausähnlichen Schwingen bedeuteten, die auf seinen Rücken tätowiert waren?

Klar! Aber sie traute sich nicht zu fragen, aus Sorge um die Antworten, die möglicherweise nicht so ausfielen, wie sie es hören wollte.

Aufseufzend schaltete Nika den Scheibenwischer aus, griff nach dem Regenschirm auf dem Beifahrersitz und stieg aus.

Sie kannte die Jahreszeit, sie wusste, wie schwierig es war, gerade dann an Brayan heranzukommen. Die Blonde hatte aber auch einen wichtigen Grund, dies alles zu missachten und es dennoch zu wagen. Und verdammt, er war ihr Vater. Er hatte sie noch nie im Stich gelassen oder von sich gewiesen. Dabei war Nika gerade in der Pubertät wahrlich kein Engel gewesen.

Entschlossen sprang sie über die Pfützen auf dem Bürgersteig und hastete die fünf Steinstufen zur Eingangstür hinauf, während sie mit dem Wind um den Schirm kämpfte.

Als Nika endlich die Tür aufgeschlossen und die Diele betreten hatte, war sie deutlich vom Regen gezeichnet. Leise fluchend stellte die Blonde den nutzlosen Schirm in den Ständer neben der Tür.

„Brayan?", rief sie, hoffend, dass er lediglich das Licht vergessen hatte auszumachen, und irgendwo anders im Haus war. Da eine Antwort ausblieb, zerschlug sich diese Hoffnung schnell wieder. Sie brauchte ihn doch. Gerade jetzt und wirklich dringend. Hier konnte sie sich verkriechen und vielleicht mit Brayans Hilfe eine Erklärung für die letzten seltsamen Tage finden. Ständig fühlte sie sich, als ob sie etwas vergessen hätte, dazu diese Träume, die ihren Schlaf störten. Der Traum mit dem Scheiterhaufen war leider nicht der Einzige geblieben. Mittlerweile war sie einmal ertrunken und einmal von einem Pferd zertrampelt worden. Zumindest an diese Träume erinnerte sie sich genau, ahnte aber, dass es noch einige mehr gab, die sich ihrer Erinnerung jedoch entzogen.

Gerade wegen der Zeit, in der Brayan sich immer zurückzog und nur wenig Kontakt mit der Außenwelt hegte, hatte Nika gezögert herzukommen. Doch da die Träume nicht besser wurden und sie nun seit vier Tagen so gut wie gar nicht mehr schlief, musste sie alle Warnungen ihres wissenden Verstandes ignorieren und herkommen. Ihr Leben geriet aufgrund des anhaltenden Schlafmangels langsam aber sicher aus dem Gleichgewicht.

Geduld war noch nie ihre Stärke gewesen, sodass sie sich die Treppen hinauf in den ersten Stock wagte.

Wieder einmal musste Nika sich mit einem leichten Anflug von Neid eingestehen, dass ihr Adoptivvater ein perfektes Händchen besaß, was die Einrichtung betraf. Obwohl alle Möbel im Haus längst zu den antiken Schätzen zählten, passten sie hervorragend zusammen und versprühten einen Hauch von Nostalgie. Jedes Mal versetzten sie die Blonde in längst vergangene Zeiten, die sie nur aus Geschichtsbüchern oder durch Brayans lebhaft geschilderten Erzählungen kannte. Bei ihm bekam sie immer den Eindruck als wäre sie selbst da gewesen, hätte eine Zeitreise gemacht.

Mit seiner Hilfe war Geschichte immer ihr Glanzfach in der Schule gewesen, sodass sie ohne zu zögern Archäologie als Studienfach wählte, als diese Entscheidung anstand. Später selbst längst Vergangenes ausgraben und zu entdecken faszinierte sie.

Den breiten Flur entlang gehend grübelte Nika über verschiedene Möglichkeiten nach wie sie Brayan ansprechen könnte. Keine schien passend und das nur wegen diesem Raum, in dem er sich aufhielt.

Sie hasste ihn. War ihr Vater da hinein gegangen, konnte er für Stunden, wenn nicht sogar Tage darin verschwinden. Dann war er geistig irgendwo nur nicht hier, nicht bei ihr. Und selbst Michael weigerte sich strikt, mit ihr darüber zu sprechen.

Dieses Zimmer war wie eine Mauer, hinter der sie Brayan nicht erreichen konnte.

Als Kind hatte der Raum ihr Angst gemacht und sie war stets froh gewesen, dass die Tür so sorgfältig verschlossen war. Später war die Neugierde dazugekommen, hatte die Angst teilweise verdrängt. Doch Antworten auf die vielen Fragen, die sich mit der Zeit ansammelten, bekam sie nie.

Die Schultern straffend schloss sie kurz die Augen, hob dann die Hand und klopfte an das dunkle Holz.

Keine Antwort.

Also drückte sie die Klinke hinunter, spürte ihr Herz schneller schlagen, als sie sich tatsächlich öffnen ließ.

Natürlich.

Nika wohnte nicht mehr hier, hatte ihre eigene kleine Zweizimmerwohnung. Somit musste Brayan nicht mehr darauf achten, das Innere dieses Raumes zu verbergen.

„Brayan? Ich muss dringend mit dir reden." Die Blonde trat ein, blieb auf der Türschwelle stehen und starrte mit sich langsam weitenden Augen auf das, was sie zu sehen bekam. „Das… Was?"

Obwohl sie eigentlich nicht zu den Menschen gehörte, die sich leicht schockieren ließen oder schnell die Fassung verloren spürte sie nun ihre Beine heftig zittern, bevor diese schließlich unter ihr nachgaben und sie mit schwindenden Sinnen zusammensackte.

Als Nika wieder zu sich kam lag sie auf der Couch im Wohnzimmer und Michael, der Butler und auch während ihrer Kindheit eine Art Babysitter, hockte auf der Armlehne, und musterte sie besorgt.

Brayan saß ihr gegenüber im Sessel, ein Glas Brandy in der Hand. Sein Blick ruhte auf ihr, während sein ebenmäßiges Gesicht ausdruckslos wirkte.

Verwirrt runzelte sie die Stirn, setzte sich auf. „Was ist passiert?"

„Das würde ich gern von dir wissen." In Brayans Stimme schwang der Ärger mit, den er äußerlich so gut zu verbergen wusste. „Was wolltest du da oben? Hast du alle Regeln vergessen, die wir zwei untereinander aufgestellt haben?"

Noch immer versuchte sie ihre Erinnerungen zu ordnen, schüttelte nur leicht den Kopf. „Ich muss mit dir reden. Es ist wirklich wichtig, weil ich deine Hilfe brauche." Ihr Blick schoss zu ihm zurück. „Moment. Da… da waren Flügel." Ihre Stimme kippte, als die Bilder zurückkehrten und sie erneut eisige Kälte ihren Rücken hinunter rieseln fühlte.

Himmel, sie war keine Memme aber wer würde bei solch einem Anblick nicht die Fassung verlieren?

Obwohl, irgendwie hatte der nur kurze Augenblick etwas seltsam Vertrautes. Ganz so als würde sie solche Schwingen kennen. Hatte sie schon Bilder gesehen? Hatte ein Maler schon mal versucht, einen Dämonen zu zeichnen? Denn nur zu solchen Fabelwesen konnten solche Flügel passen.

Brayans hellblaue Augen verengten sich, dann musste Nika heftig blinzeln nur, um zu erkennen, dass ihre eigenen Augen ihr keinen Streich spielten. In den Tiefen des Blaus loderte ein dunkelrotes Feuer, was nur langsam abklang und wieder verschwand.

Obwohl ihre Lippen sich bewegten, kam kein Ton aus ihrer Kehle. Sie starrte ihn nur entsetzt an, blickte dann zu Michael, der noch immer stumm und besorgt neben ihr saß. Er schien sogar damit zu rechnen, dass sie jeden Moment wie ein Knallfrosch einfach aufspringen und schreiend durchdrehen würde.

Tief seufzend stand Brayan auf. „Ich wollte nie, dass du es erfährst, Kleine." Er ging zur Hausbar hinüber und füllte sein Glas auf, warf ihr über die Schulter einen fragenden Blick zu, den sie heftig nickend beantwortete.

Also griff er nach einem weiteren Glas, füllte auch dieses. „Es gibt Dinge, die du nicht wissen solltest. Genieße dein Leben und vergiss was du gesehen hast. Das ist allemal besser als die Antworten, die ich dir geben würde."

Nika nahm ihm den Brandy ab, den er ihr reichte, trank einen großen Schluck.

Während sie mit dem heftigen Hustenanfall kämpfte, klärte sich das Chaos in ihrem Kopf und sie wusste, dass sie das nicht konnte. Sie würde nicht wegrennen oder einfach durchdrehen. Er war ihr Vater. Er liebte sie. Und egal was er ihr erzählen würde, er würde es bleiben und dieses Gefühl niemals zerstören können.

„Träum ich?", fragte sie leise.

„Nein."

„Da waren wirklich Flügel!" Sie kicherte nervös, versuchte das Gehörte schnellstens zu verarbeiten, damit sie Brayans nächste Worte nicht wegen Grübeleien verpasste. "Himmel ich bin noch nie einfach umgekippt."

„Du hast wohl auch noch nie solch einen Schock erlebt."

„Ich komme mir vor wie ein kleines Mädchen", brummte sie nicht gerade begeistert von ihrer schwachen Standhaftigkeit. Dabei war sie früher nie zimperlich oder schreckhaft gewesen. Himmel, selbst Spinnen hatte sie beseitigt, während ihre Freundinnen schreiend herumgesprungen waren.

„Jeder zeigt mal Schwäche. Glaub mir, dies nicht zu verbergen ist Stärke und macht den Charakter aus."

Als er sich wieder setzte, konnte die Blonde deutlich sehen, dass jegliche, vom Ärger verursachte Anspannung aus seinem Körper gewichen war. Stattdessen wirkte er müde, abgespannt.

Ihre eigene lauernde Panik war scheinbar ebenso klar zu erkennen, denn Brayan startete einen letzten Versuch, das Thema zu wechseln.

„Wobei kann ich dir helfen?"

Mit einer Handbewegung wischte sie den eigentlichen Grund ihres Kommens zur Seite. „Vergiss es. Jetzt will ich alles wissen. Was war das? Kannst du fliegen?"

Sein Schweigen schien sich endlos hinziehen zu wollen und erinnerte Nika an die Male, in denen sie zuvor schon vergeblich auf Antworten gewartet hatte, gerade was Brayans Vergangenheit, seine Familiengeschichte, sein Leben vor ihrem Auftauchen darin betraf. Endlich aber nickte Brayan schließlich.

„Du hast den Teil von mir gesehen, vor dem ich dich immer schon beschützen wollte. Und nein, Fliegen kann ich nicht, eher springen. Aber bei der Weite sieht es für Menschen fast wie Fliegen aus. Ich bin nicht der Mensch, den du glaubst zu kennen."

„Du bist mein Vater!", erinnerte sie lauter als beabsichtigt. "Du bist der beste Mensch der Welt für mich. Nichts kann das ändern."

Leise auflachend leerte Brayan sein Glas, stellte es auf den Tisch vor sich. „Verpass mir keinen Heiligenschein. Tausch ihn lieber mit Hörnern. Würde wesentlich besser passen."

„Brayan!", grummelte sie, nicht gewillt ihn weiter wie eine Katze um den heißen Brei herumschleichen zu lassen.

Während Michael leise auflachte, blitzten seine Augen amüsiert auf, schließlich kannte er ihre Ungeduld allzu gut. „Hast du Zeit mitgebracht? Ich muss nämlich weit ausholen. Genauer gesagt um exakt tausend Jahre."

Ihren verwirrten Blick ignorierend lehnte er sich zurück, zog die goldene Kette unter seinem Hemd hervor und strich mit den Fingerspitzen über den daran hängenden goldenen Ring.

3. Kapitel

Oktober 1010

Kalter Wind fegte um die Zinnen, kündigte bereits den nahenden Winter an. Die Burg trotzte unnachgiebig dem rauen Küstenwetter, gab den Bewohnern jedoch nicht viel Wärme und Gemütlichkeit. Sie war vorsätzlich zur Verteidigung gebaut, nicht zum behaglichen Wohnen.

Obwohl ich bereits seit sechs Jahren hier lebte, gemeinsam mit meiner Mutter meinem Vater hierher nachgereist war, nachdem dieser zum Lord ernannt wurde, hatte ich mich noch immer nicht an die Witterungsverhältnisse gewöhnt.

Da war mir das Landgut, das seit drei Generationen meiner Familie gehörte und das im Landesinneren lag, um vieles lieber.

Hoffnungsloses Wunschdenken. Ich musste der Tradition folgen und meinem Vater nacheifern, am besten noch weiter aufsteigen im Ansehen des Königs. Und das beinhaltete eben, diese Burg als Verteidigungsplatz zu halten und Land und Leute vor Angriffen von der Meeresseite zu schützen.

Eine von Gott gegebene Aufgabe, die ich gewissenhaft zu erfüllen hatte, wie Jaromir nicht müde wurde zu erwähnen.

Mein Blick fiel aus dem schmalen Spalt, der für die Bogenschützen ins Mauerwerk geschlagen worden war auf den Kiesstrand.

Vielleicht sollte ich mich aus der Burg schleichen, statt mich hier oben vor meinem Lehrer zu verbergen. Draußen würde dieser weibische Mensch ganz sicher nicht nach mir suchen, dafür war er gegen jegliche körperliche Anstrengung und vor allem war er noch ängstlicher als die Herrin des Hauses, die meist den ganzen Tag vor dem Kamin in der Halle saß und an ihren Wandteppichen webte.

Mit wesentlich besserer Laune als zuvor schlich ich aus der Burg hinaus. Ich wollte meine Neugier stillen, meine Umgebung erforschen und den Tag selbst bestimmen.

Aber darüber konnte ich mit meinem Vater nicht sprechen. Obwohl ich bereits achtzehn war, war ich in dessen Augen längst noch nicht soweit eigene Entscheidungen zu treffen, sondern hatte mich noch immer anderen, vor allem ihm unterzuordnen.

Schnell verschwand ich zwischen den Bäumen des Waldes hinter der Burg, der so hartnäckig jedem Sturm trotzte.

Kaum war die Burg aus meinem Blickfeld verschwunden fühlte ich wie meine Atmung freier wurde, die Anspannung von mir abfiel. Zufrieden lief ich ohne genaues Ziel weiter, hörte in einiger Entfernung das Knacken des Unterholzes, entdeckte einen stattlichen Hirsch, der mich genau im Blick hatte, abzuschätzen schien, ob ich eine Gefahr darstellte.

Dann aber durchbrach ein Geräusch die vertrauten Laute des Waldes, schreckten auch den Hirsch auf, der die Flucht ergriff. Ich dagegen runzelte leicht die Stirn. Es war leise gewesen, kaum zu identifizieren. Dennoch war mir bewusst, dass es eigentlich nicht hierher gehörte.

Die Landbevölkerung lebte nicht in der Nähe des Waldes. So nahe an der Küste fühlten sie sich in ihren einfachen Holzhütten nicht sicher genug, da das sturmgepeitschte Meer jedes Mal kräftig an den Felsenklippen nagte und erst im letzten Jahr einige Meilen entfernt ein großer Landstreifen von den Wellen verschluckt wurde.

Außerdem hielt mein Vater den Forst für sein Eigentum und duldete keine Fremden dort.

Wer also wagte es, sich hier aufzuhalten und sein Leben zu riskieren?

Entschlossen folgte ich dem sich wiederholenden, mit jedem Schritt lauter werdenden Krachen, das ich schließlich als das Hämmern einer Axt erkannte.

Holzdiebe?

Das würde problematisch werden, denn die müsste ich augenblicklich melden. Und damit müsste ich auch wieder einmal zugeben, dass ich mich selbst gegen die Regeln des Burgherrn aufgelehnt hatte.

Gerade als ich einige Gestalten zwischen den Bäumen entdeckte, nahm ich aus dem Augenwinkel noch etwas anderes wahr und stockte.

Sprachlos starrte ich auf das Drachenboot, das trotz der Bäume deutlich zu sehen war. Die Felsen waren hier flacher, liefen zu einem seichten Strand aus auf dem das Schiff lag, den holzgeschnitzten Drachenkopf stolz zum Himmel gereckt.

Mein Herz begann zu rasen, als mir schließlich mein Hirn die nötige Information gab, dass ich kurz davor stand, den größten inselfremden Feinden gegenüberzustehen.

Wikinger. Hier. Zu dieser Jahreszeit.

Ich fühlte die Panik, klammerte mich an den nächsten Baum in meiner Nähe. Bisher waren sie lediglich Gestalten aus den Erzählungen der Männer gewesen, die auf ihren Reisen die Gastfreundschaft meiner Familie in Anspruch nahmen oder die mein Vater von seinen Besuchen bei Hofe mitbrachte.

Sie waren furchtlose Kämpfer, gnadenlose Plünderer wehrloser Dörfer.

Sie bedrohten die Küsten.

Sie tauchten aus dem Nebel auf, ließen sich durch nichts und niemanden abschrecken, nahmen sich, was sie wollten, und verschwanden genauso schnell wieder, hinterließen eine Spur der Verwüstung.

Alle gehörten Geschichten reihten sich in schneller Abfolge in meinem Kopf auf und ich wäre wirklich fast wie ein Feigling davongerannt. Doch meine viel zu ausgeprägte Neugier, die mich schon viel zu oft in meinem Leben in heikle Gefahren gebracht hatte, hielt mich zurück, drängte mich sogar noch vorwärts.

Bisher unentdeckt schlich ich näher, beobachtete mit wild klopfendem Herzen die drei kräftigen Männer, die tatsächlich dabei waren Bäume zu fällen. Obwohl ich Ärger über diese Unverschämtheit spürte, wusste ich sehr gut, dass es reiner Selbstmord wäre, sich ihnen ganz allein entgegenzustellen und sie über dieses Fehlverhalten aufzuklären.

Solange sie sich nur am Holz vergriffen und nicht vorhatten zu einer Plünderung aufzubrechen würde ich bestimmt nichts sagen.

Lieber zog ich mir den Ärger meines Vaters zu als die Bekanntschaft mit einem der riesig wirkenden Schwerter zu machen, die diese Hünen an den Hüften trugen, als wären es lediglich kleine Schnitzmesser.

Trotz der kühlen Temperaturen trugen sie lediglich Lederhosen. Ihre Haare waren unbändig und fielen ihnen bis zu den Schulterblättern. Sie schienen nichts auf die gängige Etikette zu geben.

Ich musste ein Auflachen unterdrücken als mir mein Vater oder gar mein Lehrer in den Sinn kamen, die beide wahrscheinlich der Schlag treffen würde bei diesem Anblick, so penibel, wie sie auf Aussehen und Kleidung Wert legten.

Ich dagegen bewunderte das Spiel der Muskeln an den Oberarmen, die hellen, fast Sonnenfarbenen Haare, ihre Körpergröße.

Irritiert wich ich wieder hinter den Baum zurück, schüttelte verwirrt den Kopf.

Was sollte das?

Was machte ich denn da?

Wieso regte sich etwas in meinem Innern, von dem ich bisher nur beim Lauschen der Gespräche der Knechte gehört hatte, wenn sie über eine der Mägde tratschten?

Diesmal floh ich wirklich. Jedoch nur soweit, bis ich das Schiff wieder im Blick hatte und fast magisch davon angezogen wurde.

Nie hatte ich so etwas gesehen. Es war beeindruckend und zumindest verstand ich nun auch, warum in all den Geschichten die Leute allein vor diesen Drachenbooten solche Angst hatten.

Es jagte mir Schauer über den Rücken. Dieses Boot noch zusätzlich mit diesen Männern besetzt konnte tatsächlich Schrecken verbreiten, ohne überhaupt eines der Schwerter zeigen zu müssen.

Am Bug sah ich schließlich den Grund für den Holzraub. Ein lang gezogenes, klaffendes Loch war in die Schiffswand gerissen.

Wahrscheinlich waren sie auf eines der Riffe vor der Küste gelaufen. Diese waren der Grund, warum wir bisher von den Angriffen der Fremden von den Ländern fernab des Meeres verschont worden waren.

Eine kalte Metallspitze legte sich gegen meine Kehle, ließ mich sofort erstarren.

„Du allein?"

Viel zu dicht erklang die Stimme mit dem fremden Akzent hinter mir und ich verfluchte mich innerlich für meine Unachtsamkeit.

Fast automatisch nickte ich, obwohl ich sofort wusste, wie dumm dies eigentlich war. Auch noch zugeben, dass ich allein hier herumschlich. So langsam verstand ich meinen Vater, der mir noch immer keine große Verantwortung für irgendetwas übertragen wollte.

Aber meine Angst verhinderte jeden Versuch einer Lüge.

„Leichtsinnig."

Ich gab einen krächzenden Laut von mir, der fast wie ein Auflachen klang. Bestens, jetzt hielten mich auch diese Fremden für dumm. Ich wich einen Schritt nach hinten aus um diese Klinge von meinem Hals loszuwerden, stieß dafür aber gegen den Körper des Wikingers.

Und der war scheinbar kaum kleiner als die Holzfäller.

„Ich werde niemandem verraten, dass ihr hier seid", flüsterte ich, hoffend die richtigen Worte zu finden, um mich zu retten.

Überrascht blinzelnd stellte ich fest, dass die Klinge verschwand. Langsam drehte ich mich um, musste den Kopf leicht in den Nacken legen, da ich dem Wikinger gerade bis zum Kinn reichte.

Wildes rotblondes Haar, ein markantes, noch junges Gesicht, funkelnde grüne Augen, die mich genauestens musterten.

„Wir sind nur wegen Boot hier."

Sofort nickte ich, hoffte, dass dies die Wahrheit war. Mir selbst kam kein einziger Ton mehr über die Lippen. Stattdessen versank ich langsam in den Tiefen dieses Moosgrüns, bemerkte gar nicht das leichte Lächeln, das auf den Lippen des Wikingers erschien.

„Deine Augen haben Farbe des Himmels", flüsterte der Fremde, packte mich an den Schultern und zog mich noch dichter zu sich. „Ich nehme, was ich will. Du interessant für mich."

Ich war vollkommen gefangen in diesen Augen, in dieser puren Männlichkeit, die dieser Wikinger ausstrahlte und in den mir so fremden Gefühlen, die in meinem Innern tobten.

Als ich die fremden Lippen auf meinen fühlte, meine Lider sich automatisch senkten, ahnte ich, wie sich die Mädchen fühlen mussten, bei denen ich nie verstanden hatte, warum sie von einem Kuss so aus dem Häuschen geraten konnten.

Meine Beine wollten nachgeben und meine Hände sich an diese Muskeln klammern.

Sanft glitt die Zunge des Anderen über meine Lippen, lockte mich dazu den Mund zu öffnen.

Doch diesen Moment musste sich mein Verstand dazu entschließen, endlich wieder zu arbeiten und ich stolperte aufkeuchend zurück, starrte den Wikinger mit großen Augen an.

Heftig den Kopf schüttelnd drehte ich mich um und floh, nicht glauben wollend, was gerade passiert war. Vor allem nicht verstehend, dass sich ein Teil von mir so sehnsüchtig weit mehr gewünscht hatte.

Das konnte es nicht geben. Das durfte es nicht geben.

Das war ein Wikinger.

Das war ein Mann.

Das war gegen alle Lehren der Kirche.

Das war schöner als alles Erlebte in meinem Leben.

Ich schlich durchs Unterholz. Es dämmerte bereits, es war kalt, es war leichtsinnig. Dennoch konnte mich nichts davon abhalten hierherzukommen. Meine wirren Gedanken und mein aufgewühltes Inneres hinderten mich daran einfach zum Alltag zurückzukehren und zu vergessen. Das hatte ich drei Tage lang versucht und keinen Erfolg gehabt.

Nun gab ich dem wachsenden Sehnen nach, suchte die Küste nach dem Drachenboot ab, darauf hoffend, dass es noch da sein würde.

In dem Moment, wo ich die aufragende Mastspitze endlich entdeckte, brach direkt hinter mir ein Ast auf dem Boden.

Stocksteif blieb ich stehen, hielt den Atem an.

„Immer noch leichtsinnig."

Die leise Stimme jagte mir Schauer über den Rücken, jedoch keinesfalls aus Angst. Ich drehte mich um, blickte in die Augen, dessen grüne Farbe vom letzten Licht des Tages, dass sich mühsam zwischen den Bäumen hindurch kämpfte gerade noch erkennbar war.

„Ich…" Ich brach beschämt ab. Wie konnte ich ihm sagen, warum ich wirklich hier war? Wie erklären, dass gerade er mir nicht mehr aus dem Kopf ging?

Der Wikinger lächelte, trat näher, bis wir uns beide fast berührten. „Deine Augen reden", flüsterte er.

„Was sagen sie?", krächzte ich, hob meine Hände und legte sie vorsichtig gegen die breite, mit einem Leinenhemd bedeckte Brust.

„Dein Herz verwirrt dich. Du würdest ihm folgen aber eure seltsamen Sichtweisen hindern dich."

„Sichtweisen?" Ich runzelte leicht die Stirn, verstand nicht ganz, was das heißen sollte.

„Euer Glaube legt Fesseln an eure Seelen und sperrt euch ein." Der Rotblonde senkte den Kopf, bis sich unsere Lippen fast trafen, ich seinen Atem auf dem Gesicht spürte. „Vergiss diese Fesseln."

Die Augen schließend wartete ich, doch als der erhoffte Kuss ausblieb, stöhnte ich leise auf und schob meine Hände höher, griff in die langen Haarsträhnen und überbrückte die letzten Millimeter. Ein weiteres Aufstöhnen entschlüpfte mir, als der Kuss meinen ganzen Körper erbeben ließ, das aufgestaute Verlangen der letzten Tage herausbrach, sodass ich begierig den Mund öffnete, als der Wikinger dieses Mal lockend mit seiner Zunge über meine Lippen strich.

Recht zaghaft versuchte sich mein Verstand zu Wort zu melden, versuchte mich davon abzubringen, wirklich alle Gebote einfach fortzuwerfen, doch gegen das laute Jubeln des Herzens kam er gar nicht an.

Ich fühlte die Hände kaum, die sich um meinen Körper schlangen und mich mühelos hochhoben. Ich befand mich in einem Rausch, süßer und tiefer als es jeder Wein dieser Welt je schaffen würde.

Dem Grünäugigen ins Gesicht keuchend, als dieser den Kuss löste, öffnete ich zögernd die Augen, erst jetzt überhaupt wahrnehmend, dass ich sie noch immer geschlossen hatte.

„Ich kenne dich nicht. Ich weiß nicht, was du vorhast. Aber ich vertraue dir. Seltsam oder?"

Der Wikinger schüttelte leicht den Kopf. „Ich zeige dir das Fliegen. Ich entfache Feuer, dass du löschen willst nie wieder."

Und ich flog in dieser Nacht. Ich ließ mich vom Feuer verbrennen, nur um danach wie der Phönix aus der Asche aufzuerstehen. Ich genoss jede Sekunde der lustvollen Stunden, fühlte mich in den Armen des Wikingers geborgen und sicher.

Ohne es zu merken, verlor ich nicht nur meine Unschuld. Ich verlor mein Herz an diesen Mann.

Mit den ersten Strahlen der Sonne erwachte ich, blinzelte müde. Als ich mich noch einmal zurecht kuscheln und weiterdösen wollte, begann mein Kopfkissen zu lachen.

„Bedaure. Länger kann ich nicht fernbleiben unserem Lager."

Ich schreckte hoch, blickte auf den Rotblonden hinunter, der mich mit amüsiert funkelnden Augen ansah.

„Entschuldige." Ich wollte eilig aufstehen, wurde aber mit einem Griff ums Handgelenk daran gehindert und mir wurde ein Kuss gestohlen, der trotz der wunden Lippen und des recht unangenehmen Ziehens meines Hinterteils das Feuer im Innern erneut hoch auflodern ließ.

Erst zwei weitere Höhepunkte später schafften wir beide es, uns voneinander zu lösen und uns anzukleiden.

Ziemlich umständlich friemelte ich an den Bändern meines Hemdes herum.

„Ich kenne nicht einmal deinen Namen."

„Ebenso."

Ich hob den Kopf, lachte dann auf. „Brayan. Mein Vater verwaltet die Burg, die hinter dem Forst liegt."

„Keli. Sohn des Kapitäns des Schiffes und Clanführers."

Mein Lächeln verschwand, da bedauerlicherweise mein Verstand wieder die Führung zu übernehmen begann und mir mehr als deutlich bewusst wurde, was ich in der vergangenen Nacht getan hatte.

„Mein Vater wäre von deiner scheinbar hochrangigen Stellung angetan hättest du das andere Geschlecht und wärst du kein Wikinger."

Keli strich mir mit den Fingerspitzen über die Augen, sodass ich meine Lider senken musste. „Nicht denken. Genieße es und bewahre die Erinnerungen. Ich schweige, du schweigst. Niemand erfährt etwas."

Langsam nickte ich. Ich wollte dieses Erlebnis gar nicht mit jemandem teilen. Das war mein Geheimnis und ging niemanden außer Keli etwas an.

„In Ordnung." Die Hand festhaltend küsste ich die rauen Fingerspitzen, blickte dem Rotblonden in die Augen. „Ich komme wieder, bis ihr abfahrt."

Das hier sollte mit Sicherheit nicht die letzte Begegnung sein, hoffte ich zumindest.

„Die Reparatur wird dauern noch einige Tage." Damit hatte Keli meine unausgesprochene Frage beantwortet. Zufrieden ließ ich ihn los, machte mich auf den Heimweg. Ich hatte das Gefühl zwar nicht mehr zu fliegen aber immerhin noch schweben zu können.

Ich entwickelte immer neue Strategien unbemerkt aus der Festung zu kommen und zu Keli zu schleichen. Natürlich fiel meinen Eltern und vor allem meinem Lehrer auf, dass ich ständig müde durch den Tag wandelte aber auch da erfand ich immer neue Ausreden, wobei es mir recht egal war, was sie glaubten und was nicht. Solange ich abends die kalten Mauern hinter mir ließ und ich Keli treffen konnte war mir alles andere gleichgültig.

Er hatte mein Herz eingefangen, hatte mein Verlangen geweckt und nur er konnte dieses brennende Feuer in mir im Zaum halten.

Ob seine Begleiter etwas von seinen nächtlichen Aktivitäten ahnten, wusste ich nicht. Zumindest schaffte er es stets sich von ihnen loszulösen, um sich mit mir im Wald zu treffen.

Zwei Wochen puren Glücks durfte ich erleben. So wenig Zeit und ich fürchtete das Ende.

Es waren die schönsten Wochen meines Lebens. Wir hatten nicht nur Sex, nein. Keli hielt mich auch einfach nur im Arm, schenkte mir Geborgenheit,

Nähe, Zärtlichkeit. Dinge, die ich von meinen Eltern nicht bekam, weil ihre eigene Erziehung, ihre Ansichten dies nicht zuließ. Ein Sohn musste abgehärtet werden, musste sich durchsetzen können und Stärke zeigen. So etwas erreichte man ihrer Meinung nach nicht mit Gefühlsduselei und sanftem Umgang.

Kelis mir so fremdes Verhalten sog ich auf wie ein Schwamm. Einmal davon gekostet verlangte meine Seele danach, wie mein Körper nach Wasser gierte.

Gegenüber seinem Geschenk kam mir meine Hilfe, ihm unsere Sprache besser beizubringen, richtig armselig vor.

Stundenlang konnte ich an ihn gelehnt dasitzen und seinem ruhigen Herzschlag lauschen, seine gleichmäßige Atmung spüren. Er eroberte zuerst mein Herz, um sich danach Stück für Stück meine Seele zu holen.

Jede Faser meines Körpers wurde von Keli gezeichnet, als sein Eigentum markiert und ich ergab mich dieser Tatsache ohne Widerstand.

Liebe fragte nicht warum oder stört sich an Herkunft oder am Geschlecht der erwählten Person.

Sie ist einfach da.

In so kurzer Zeit wusste ich, dass ich Keli für immer bei mir haben wollte. Ein Leben ohne ihn war undenkbar. Nichts war geblieben von den anfänglichen Gedanken, diese Beziehung mit der Abreise der Wikinger enden zu lassen.

Das Schiff war schließlich fertig, die Reparaturen abgeschlossen und eines Abends eröffnete Keli mir, dass sie in zwei Tagen abreisen würden.

Ich wollte ihn nicht gehen lassen und er wollte mich nicht verlassen, doch die herannahenden Winterstürme drängten zum Aufbruch.

Er gab mir einen Ring, der im Licht des Mondes golden schimmerte. Seltsame Zeichen waren eingraviert, die mich fragend aufsehen ließen. Keli legte seine Arme von hinten um meine Taille. „Das sind unsere Symbole für ewige Liebe. Du bist mein Schicksal Brayan. Man kann nicht ändern was die Götter bestimmt haben. Mein Herz gehört dir bis zum letzten Tag der Welt. Nie hätte ich gedacht, so weit von meiner Heimat entfernt meinen Seelengefährten zu finden."

Ich spürte, wie meine Augen brannten, sah meine Hände zittern. „Deine Worte beschreiben meine Gefühle", flüsterte ich mit bebender Stimme.

„Meine Liebe wird niemand brechen können. Ich gehöre dir für alle Zeiten."

Ich wusste, würde er fragen ich würde alle Brücken hinter mir abreißen und ihm folgen. Doch Keli schwieg, vergrub sein Gesicht in meinen Haaren. An seinem Finger konnte ich das Gegenstück zu seinem Geschenk schimmern sehen.

„Lass mich heute Nacht vergessen. Lass mich dich spüren, damit ich die Gedanken an morgen verdrängen kann."

Seine Lippen auf meinen war Antwort genug. Die Nacht ließ die Angst für wenige Stunden verdrängen. Obwohl ich es nicht für möglich gehalten hatte, waren unsere Vereinigungen dieses Mal noch intensiver, tiefer. Unsere Seelen berührten sich, wurden eins und ließen mich tatsächlich alles vergessen, was im Licht des Tages lauerte.

Am Morgen zog Keli mich nach dem Ankleiden fest in seine Arme. „Würdest du mitkommen?"

Überhaupt nicht mehr mit dieser Frage rechnend sah ich ihn sprachlos an.
„Mein Vater weiß von dir. Seine Bedingung war das du mich freiwillig begleitest, um eine mögliche Fehde mit deiner Familie zu vermeiden."
„Ich dachte ihr…" Ich spürte meine Wangen heiß werden. „Jeder erzählt Wikinger würden sich ohne zu fragen alles nehmen, was sie wollen."
Keli lachte auf, nicht im Geringsten gekränkt. „Wir nehmen was wir brauchen und was wir wollen. Aber wenn ich dich gegen deinen Willen auf unser Boot bringe, so wirst du nichts anderes als ein Sklave sein. Und diesen Platz will ich dir nicht geben. Du bist weit mehr. Du bist der Mensch, der an meiner Seite stehen soll."
Mir war bewusst, wie wenig ich über ihn wusste. Wie wenig ich von seinen Ansichten, seiner Lebensweise kannte. Aber meinem Herzen war dies alles vollkommen egal.
Ja, ich wollte ihn begleiten. Ich wollte an seiner Seite stehen.
Ich würde mein altes Leben aufgeben und dieses Abenteuer wagen.
„Morgen. Im ersten Licht der Sonne brechen wir auf."
„Woher kennst du meine Antwort?", fragte ich überrascht.
„Deine Augen reden immer noch", antwortete er schmunzelnd.
Grinsend den Kopf schüttelnd löste ich mich von ihm. „Ich werde da sein."
Den ganzen Weg zurück zur Burg rannte ich, grübelte darüber, was ich mitnehmen wollte, ob ich meinen Eltern eine Nachricht da lassen sollte.
Erst kurz vorm Ziel wurde mir bewusst, dass ich ständig das Gefühl verspürte, beobachtet zu werden.
War Keli mir gefolgt?
Bisher hatte er das nie getan. Sicher, angeboten hatte er es mir, aber ich hielt es für zu gefährlich. Es war schon ein Wunder, das sie und auch das Drachenboot bisher nicht entdeckt worden waren. Da wollte ich nichts riskieren.
Unsicher blickte ich mich um, konnte aber nichts erkennen.
Nur eine Täuschung?
Nur die Furcht so kurz vor meinem neuen Leben alles zu verlieren?
Ich betete darum.

Mitten in der Nacht wurde ich von lauten Faustschlägen gegen die Holztür meiner kleinen Kammer aus dem sowieso unruhigen Schlaf gerissen.
Das erste, was mir sofort einfiel, war, dass ich gar nicht hatte schlafen wollen, schließlich musste ich doch rechtzeitig aufbrechen, um nicht zu spät zu kommen.
Erneut wurde meine Tür drangsaliert. „Ja doch", rief ich mürrisch. Wer wollte hier scheinbar Tote aufwecken?
„Euer Vater wünscht, euch sofort in der Halle zu sehen."
Die Stimme meines Lehrers klang seltsam. Irgendwie vergnügt, absolut zufrieden. Darüber hinaus hätte ich ihm gar nicht zugetraut, je solch einen Lärm zu veranstalten. Bisher war er eher wie ein Geist durch die Gänge geschlichen und hatte mir mehr als einmal einen Schrecken eingejagt weil er, wie aus dem Nichts hinter mir aufgetaucht war.

Hastig stand ich auf. Noch immer trug ich meine Sachen vom Vortag, was mich jedoch kaum störte. Wenn mein Vater es so eilig hatte, musste er sich mit meinem leicht zerknitterten Aussehen zufriedengeben.

Vor der Tür lehnte Gisbert an der Wand. Sein Blick jagte mir eisige Schauer über den Rücken, die sogar die sowieso herrschende Kühle der Burg übertraf. In diesen Augen lagen Abscheu, Hass, Genugtuung und hämische Freude. Eine Mischung, die mir absolut nicht gefallen wollte und die den letzten Rest Müdigkeit vertrieb, mich äußerst wachsam werden ließ.

„Was ist denn los?"

„Das werdet ihr gleich selbst sehen." Er musterte mich genauso, wie er einmal eine der Küchenmägde angesehen hatte, die ihn um Hilfe für ihr ungeborenes Kind angefleht hatte, da er ja dessen Vater wäre.

Ich habe das Mädchen danach nie wieder gesehen. Ich weiß nicht, was mit ihr passierte. Und ehrlich hatte ich gar nicht mehr darüber nachgedacht. Viel mehr hatte es mich damals verwundert, dass mein Lehrer, der eher wie ein weibischer Geck herumstolzierte überhaupt etwas mit einer Frau gehabt haben sollte. Zumal er den Worten der Kirche doch so zugetan war und die Gebote so hochhielt, dass sie sogar über die höchste Turmspitze der Burg ragten.

Nun fühlte ich mich mit jedem Schritt, mit jedem Atemzug unwohler in seiner Gegenwart.

In der Halle waren trotz der späten oder besser gesagt frühen Stunde eine Menge Leute anwesend. Die meinem Vater unterstehenden Krieger schienen sogar vollzählig zu sein.

Dann erkannte ich, wen diese in ihrer Mitte festhielten und mein Herz zog sich zusammen als sollte es zerquetscht werden.

Ich spürte das Zittern einsetzen, immer schneller stärker werden, bis ich mich an der Wand abstützten musste, um nicht umzukippen.

„Sohn! Sprich! Kennst du diese Barbaren?"

Mein Vater klang mühsam beherrscht, doch ich konnte ihm ansehen, dass ein einziges falsches Wort ihn ausrasten lassen würde.

Mein Magen verkrampfte sich, mir wurde übel. Mein Blick heftete sich auf Keli, der ruhig, mit gefesselten Händen zwischen seinen Leuten stand. Sie wirkten abgekämpft, einige waren verletzt. Nach allen mir bekannten Erzählungen konnten sie bloß überrascht worden sein. Ansonsten hätten Vaters Krieger sie niemals überwältigen können.

Was sollte ich tun?

Wem würde es mehr schaden?

„Brayan!"

Ich schloss die Augen, atmete tief durch. Lieber sollte mein Vater mich bestrafen, weil ich ihm die Anwesenheit der Wikinger verschwiegen hatte, als dass ich meine Liebe zu Keli verleugnete.

„Ja. Ich kenne sie." Ich sah meinen Vater an. Neben ihm auf dem Boden stapelten sich die Waffen der Wikinger. „Sie mussten ihr Boot reparieren. Da sie keinerlei Anzeichen zeigten irgendjemanden anzugreifen oder zu überfallen habe ich nichts gesagt."

„Du triffst eine solche Entscheidung? Unser aller Leben hing von deinen Vermutungen ab?"

„Sie sind seit fast drei Wochen hier und es ist nichts passiert."

„Nichts passiert?", mischte Gisbert sich mit schneidender Stimme ein. „Du hast den Pfad der Tugend verlassen und dich von diesen Teufeln verführen lassen. Du bist zu einer Geisel der Wollust geworden. Alle Regeln und Pflichten der Kirche hast du mit Füßen getreten."

Verwirrt sah ich von meinem Lehrer zu meinem Vater, wo ich mit Schrecken erkennen musste, dass diese hervorgespuckten Worte ihn weit zorniger machten, als die Tatsache meiner Verschwiegenheit.

„Du trittst die heiligen Lehren unserer Kirche mit Füßen? Mein eigener Sohn hat seine Seele verkauft, indem er bei einem Mann lag?"

„Ich…" Meine Stimme brach, da mir die Angst die Kehle zuschnürte.

Meine Mutter stand plötzlich neben mir, packte mich am Arm und zerrte mich runter auf die Knie. „Nein mein Gemahl. Unser Sohn wurde verführt von diesen Barbaren, die Gotteslästerei betreiben und unseren Glauben beschmutzen wollen. Er ist noch zu jung um sich gegen sie wehren zu können. Der Dolch dieser Schande kann nur entfernt werden, wenn sie für diesen Frevel bestraft werden. Damit wird seine Seele reingewaschen und Gott wird seine schützende Hand wieder über ihn legen."

Mein Herz raste, während ich immer wieder den Kopf schüttelte.

„Das ist Unsinn!", schrie ich verzweifelt, riss mich aus ihrem harten Griff. „Ich liebe Keli. Und diese Gefühle können nicht falsch sein."

Mein Blick heftete sich auf den Rotblonden, dessen Augen eine solche Liebe und Zärtlichkeit ausstrahlten, dass mir die Tränen kamen. Ich dagegen war wie benommen, unfähig klar zu denken. Der Schock über diese Wandlung der Ereignisse war einfach zu heftig.

„Schweig!", zischte meine Mutter mir ins Ohr. „Oder willst du dein Leben riskieren für diese Barbaren?"

Sie wandte sich wieder ihrem Mann zu. „Hörst du Jerome? Sein Herz wurde vergiftet von ihnen. Sein Verstand spricht nicht mehr klar. Er muss beschützt werden."

Am liebsten hätte ich meine Mutter für ihre Worte geschlagen. Vielleicht rettete sie mich vor einer Bestrafung aber sie lieferte Keli aus, sie verurteilte ihn und seine Begleiter zum Tode.

„Lasst sie gehen. Ich bitte euch. Ich flehe euch an. Vater! Lasst sie gehen. Sie haben nichts getan."

Mein Vater erhob sich von seinem Stuhl, kam langsam auf mich zu. Sein Blick bohrte sich förmlich in Meinen, ließ meine Zunge regelrecht erstarren, sodass ich lediglich ein leises Wimmern von mir geben konnte.

„Mein Weib hat recht." Er wandte sich zu den Kriegern. „Zwei von euch bringen ihn zu seiner Kammer und schließen ihn dort ein. So ist er vor weiteren Versuchen seiner Seele habhaft zu werden geschützt. Gottes Weg ist der einzig wahre Weg und all diejenigen, die noch immer an heidnische Götter und mystische Erscheinungen glauben müssen eliminiert werden, um unsere reinen Seelen zu schützen. Bringt sie in die Kerker. Der Henker soll bei Tagesanbruch bereitstehen."

Mir wurde schwarz vor Augen und ich schrie, jedoch half mir das überhaupt nicht. Vaters Worte hallten in meinem Kopf, ließen mich panisch um mich schlagen. Doch die beiden Männer, die er als meine Bewacher abkommandiert hatte, schafften es dennoch mich durch die Gänge zu zerren und in meiner Kammer einzusperren, wo ich schließlich hysterisch aufheulend zusammenbrach.

Es dauerte nur wenige Stunden, bis die Tür wieder geöffnet wurde. Für mich aber waren diese Stunden nicht enden wollende Dolchstöße in mein Herz und der Schmerz in mir wuchs immer weiter an.
Die beiden Krieger packten mich an den Armen, stießen mich grob vor sich her, bis wir hinauskamen in den Innenhof, wo der Henker bereits neben einem Schafott wartete und alle Bediensteten und Krieger, die in der Burg lebten und arbeiteten laut riefen und den Beginn der Morde herbeisehnten.
„Ich habe mich entschlossen, dass du zusiehst." Die Stimme meines Vaters, der neben mir auftauchte, ließ mich erschrocken zusammenfahren. „Nur so werden wir dir die Versuchung des Teufels austreiben können. Er wird keine Macht mehr über dich haben, wenn seine Diener Tod sind. Deine Mutter mag sie ja für Barbaren halten, die ihren eigenen Göttern huldigen. Ich aber weiß, dass dies nur eine Prüfung für dich sein soll, um deinen Glauben zu festigen. Wir werden dies gemeinsam durchstehen."
Heftig schüttelte ich den Kopf während mir neue Tränen den Blick verschleierten. „Ihr redet alle beide Unsinn. An Liebe kann niemals etwas falsch sein, egal, von wem sie kommt und woran diese Person glaubt. Ich liebe Keli. Du wirst mich auch töten, wenn du diesem Wahnsinn nicht Einhalt gebietest."
Abfällig schnaubte er, deutete dann mit einer Handbewegung an, dass die Gefangenen rausgebracht werden sollten. „Aus dir spricht nur die Besessenheit. Du wirst wieder klarer sehen, wenn dies hier erledigt ist."
Meine Bewacher zogen mich zu einem aufgestellten Stuhl, an den sie mich sogar fesselten.
Trotz aller mir möglichen Kräfte konnte ich die Stricke nicht lösen und musste hilflos zusehen, wie die zwanzig Männer auf den Hof gebracht wurden.
Die Rufe der Schaulustigen schwollen an, wurde ohrenbetäubend und ihr Hass war beinahe greifbar. Sie wollten Blut sehen. Sie wollten all die Horrormeldungen über die Wikinger durch diese Hinrichtung rächen. Die Wikinger wurden mit Essenresten und Schlamm beworfen, wobei jeder Treffer in mein eigenes Herz schnitt wie ein scharfer Dolch.
Es machte mich fast rasend, das sie sich überhaupt nicht versuchten zu wehren, dass sie nicht einmal reagierten, als der Erste durch den Henker geköpft wurde.
Erst als Keli aufsah, sein Blick sich in meinem verfing wusste ich warum. Sie waren gebrochen. Man hatte ihnen ihren Stolz genommen, als man sie hinterrücks überfallen und dann auch noch zum Tode verurteilt hatte. Sie standen zum ersten Mal auf derselben Seite wie ihre Opfer. Nun blieb ihnen nur noch das Letzte bisschen Würde zu erhalten, indem sie ihrem Schicksal ohne Furcht entgegentraten.
Aber ich wollte es nicht.
Ich schrie laut auf, stemmte mich noch heftiger in die Fesseln, die mir tief in die Haut schnitten, ohne jedoch nachzugeben.

Kelis Lippen formten drei Worte, die wie glühend heiße Klingen in mein Herz schnitten: Ich liebe dich.

Innerlich flehte ich alle Götter, alle Heiligen, alle Naturgewalten an mir zu helfen Keli zu retten.

Dann musste der Rotblonde sich als Letzter niederknien, im heller werdenden Licht der Sonne blitzte die Axt auf.

Mir wurde schwarz vor Augen. Ich brüllte bis meine Stimme brach.

In dem Augenblick als die scharfe, blutverschmierte Klinge niedersauste, wurde mein gesamtes Blickfeld in gleißendes Licht getaucht.

Verwirrt keuchend klammerten sich meine Hände an die Armlehnen, mein Blick huschte hektisch hin und her. Alles schien wie eingefroren, selbst die Axt schwebte Millimeter über Kelis Nacken.

„Du hast gerufen? Hier bin ich."

Obwohl ich heftig blinzelte, veränderte sich nichts. Das Licht und die Starre aller Anwesenden blieben. Ein großer Mann kam von der Seite auf mich zu. Lange feuerfarbige Haare wallten über seinen Rücken, bewegten sich wie Flammen in einem Kamin. Tiefschwarze Augen sahen mich abwartend an. Er trug nichts als einen Lendenschutz.

Was mich jedoch an meinem eigenen Verstand zweifeln und mich eher an eine Schutzreaktion meines Geistes aufgrund des Schocks glauben ließ, waren die riesigen Schwingen, die hinter seinem Rücken aufragten und an Fledermausflügel erinnerten.

„Sprich kleiner Mensch. Was bringt dich dazu so zu schreien, dass es Himmel und Hölle erbeben lässt?"

„Was bist du?", krächzte ich mit heiserer Stimme, vollkommen mit seinem Anblick überfordert.

„Ein Diener meines Herrn. Shanea ist mein Name."

Mein Herz begann zu rasen. Das hier konnte wirklich nicht wahr sein. War ich bereits bewusstlos geworden? Fantasierte ich um die Wahrheit auszublenden?

„G... Gott schickt dich?"

Er lachte laut auf. „Gott? Nein Mensch. Sein gefallener Engel ist mein Herr. Und ich wurde von niemandem geschickt. Ich hatte gerade nichts zu tun."

Mein entsetzter Blick brachte ihn nur noch mehr zum Lachen. „Hast du etwa einen seiner Engel erwartet? Ich muss dich enttäuschen, die sind gerade ziemlich beschäftigt. Irgendwo schlagen sich andere deiner Rasse die Köpfe ein und sie müssen sich um die zahllosen Seelen kümmern. Also? Soll ich dir nun helfen, jetzt wo ich schon mal hier bin?"

Ich merkte, dass sich meine Lippen bewegten jedoch kam kein Ton aus meinem Mund. Ich starrte ihn nur weiter an.

„Ich mach es dir leichter." Und mit dem nächsten Herzschlag spürte ich seine Hände an meinem Kopf, fühlte ein Ziehen hinter den Schläfen und sah die gesamte gemeinsame Zeit mit Keli noch einmal in rasender Geschwindigkeit ablaufen.

„Interessant", murmelte Shanea, trat von mir zurück. „Ewige Liebe. Ihr Menschen seid so schnell mit euren Worten. Ihr erreicht nicht mal den Bruchteil der Ewigkeit mit euren jämmerlich kurzen Lebenszeiten."

„Kannst du Keli retten?", fragte ich flüsternd, noch immer zweifelnd, ob dies alles wirklich passierte.

Er grinste breit, zeigte dabei spitze Eckzähne. „Klar doch. Ich bin ein Dämon. Ich kann alles, wenn ich es will. Aber das wäre doch langweilig und meiner geopferten Zeit gar nicht wert. Ich schlage dir einen Deal vor. Ich spiele gern weißt du? Spielst du mit?"

„Alles. Ich tue alles wenn du Keli und mir unsere versprochene Liebe gibst." Shanea nickte. „Die Chance auf ewige Liebe also." Er tippte leicht mit einer seiner Fingerkrallen gegen meine Stirn." Die sollst du haben."

Und mit diesen Worten verschwand er, genauso wie das gleißende Licht. Zeitgleich begannen die Menschen um mich herum sich wieder zu bewegen und ich konnte nur mit brennendem Entsetzen dabei zusehen, wie die Axt ihr Ziel traf.

Mein Schrei brach sich diesmal an den steinernen Mauern der Burg.

Ich merkte nicht einmal, wie ein heißer Schmerz mein Inneres zu verbrennen drohte oder wie ich es schaffte, die Stricke durchzureißen.

Mein Sturz zu Boden interessierte mich gar nicht. Als ich mich wieder aufrappelte und auf den Henker zu rannte, zerrte etwas Schweres an meinem Rücken. Doch auch das hielt mich nicht auf. Mein Blick verschwamm, alles wurde dunkler, tauchte in undurchdringliche Schwärze bis auf einen winzigen Punkt, den ich direkt fixierte.

Ich verfiel in blinde Raserei, ignorierte die Schreie und Rufe um mich herum, kümmerte mich nicht um die Pfeile, die auf mich abgeschossen oder die Schwerter die in meine Richtung geschwungen wurden.

Das einzige woran ich denken konnte, war, dass sie alle sterben sollten. Dass jeder Einzelne in dieser verfluchten Festung so zu leiden hatte wie ich.

Ich wütete solange bis meine Kräfte schließlich aufgebraucht waren und ich vor den Toren der Burg im Gras zusammenbrach.

Langsam klärte sich mein Blick und zuallererst bemerkte ich die pechschwarzen Krallen, wo eigentlich meine Fingernägel sein müssten. Dann roch ich den Rauch, sah mit unverständlichem Blick hinauf zu den Flammen, die aus den Fenstern der Burg züngelten.

Große, dunkle Schwingen ruhten rechts und links neben mir, bewegten sich, als ich mich etwas zur Seite drehte.

Längst saß ich da, nicht gewillt mein völlig leeres Hirn zur Arbeit zu animieren. Irgendetwas absolut Böses, von Grund auf Gefährliches lauerte im Dunkel und ich wollte es nicht hervorlocken.

Doch man kann sich nicht verschließen. Man kann das Denken nicht vollkommen abschalten.

Als die ersten Erinnerungen an die Oberfläche krochen, reichten diese bereits dafür aus, dass ich mich heftig übergab.

Ein vergnügtes Lachen neben mir zwang mich dazu, gegen eine weitere Magenrebellion anzukämpfen.

„Alle Achtung, kleiner Mensch. Du hast ganze Arbeit geleistet. Ich spüre kein einziges Lebenszeichen mehr hinter diesen Mauern."

Ich wandte meinen Kopf zur Seite, sah Shanea minutenlang schweigend an. „Was hast du getan?", flüsterte ich schließlich. „Wir hatten einen Deal. Keli ist…" Ich konnte nicht weitersprechen.

„Ich? Das warst allein du. Ich habe dir lediglich das gegeben, was du für deinen Plan die Ewigkeit zu erleben brauchst." Er grinste wieder. „Und du hast es bis zum Letzten voll ausgekostet. Du bist zwar kein vollwertiger Dämon, aber die dir von mir gegebenen Kräfte scheinen ja vollkommen zu reichen."

„Wo ist dann Keli?", schrie ich ihn heiser an. „Die Chance auf ewige Liebe. Schon vergessen?"

„Was? Ach so. Tja, mein Geschenk bekommst du doch nicht einfach so. Ich möchte doch auch meinen Spaß. Ich gebe dir alle hundert Jahre die Chance ihn zu retten. Beweise mir, dass eure Liebe wirklich ewig hält. Stirbt dein Geliebter nicht durch fremde Hand, so dürft ihr eure Liebe für die Ewigkeit genießen. Schaffst du es nicht, so bleiben dir nur die drei Wochen, die ihr seit der ersten Begegnung hattet."

Fassungslos starrte ich den Dämon an.

„Lustig oder? Ihr Menschen faselt so leicht von ewiger Liebe und unendlichen Gefühlen. Bisher haben alle versagt. Auch du wirst versagen. Und mir vertreibt es die Zeit."

„D… Das…" Ich schnappte mehrmals nach Luft. „Du bist ein Monster! Das haben wir nicht ausgemacht!"

„Nein? Erinnere dich. Die Chance auf ewige Liebe, mehr verlangtest du nicht. Wolltest du etwa, dass er jetzt schon überlebt? Dann hättest du das verlangen müssen. Du hast mich nur gefragt, ob ich ihn retten könnte. Du hast nicht gesagt, dass ich es tun soll."

Er streckte seine klauenartige Hand aus und ließ etwas neben mir ins Gras fallen. „Das hier wird dir den Weg weisen, wenn die Zeit gekommen ist. Vielleicht solltest du dir für deine nächsten Verhandlungen merken, dass du deine Wünsche ganz genau beschreiben musst."

Shanea verschwand einfach vor meinen Augen und ich blickte benommen zu Boden, sah das Glitzern zwischen den Grashalmen.

Es war Kelis Ring.

4. Kapitel

Nika schniefte, versuchte mit dem ziemlich ramponierten Papiertaschentuch die Tränen von ihren Wangen zu wischen. Seit wann heulte sie eigentlich schon? Diese Gefühlsduselei wurde langsam peinlich.

„Das…"

Brayans Blick zeigte tiefen Schmerz, als er sie ruhig ansah. Langsam hob er die Schultern. „Es mag grausam klingen aber ich bereue es bis heute nicht, dass ich meine Familie an diesem Tag auslöschte. Ich bedaure kein einziges Leben, was dort durch meine Hand starb."

„Du verlorst Keli." Sie atmete tief durch, um ihre zitternde Stimme unter Kontrolle zu bekommen. „Dieser Dämon. Er hat dich benutzt. Er hat euren Deal nicht eingehalten."

Sie zweifelte keine Sekunde an seinen Worten. Sie hatte diese unheimlichen Schwingen schließlich oben im Zimmer gesehen, hatte in Brayans Augen das Höllenfeuer brennen sehen.

„Doch. Hat er. Nicht so wie ich es wollte aber er hat den Deal eingehalten. Formuliere deine Forderungen präzise und überlege dir jedes Detail. Ansonsten wird es nach anderen Maßstäben ausgelegt."

Nachdenklich runzelte sie die Stirn. „Tausend Jahre", flüsterte sie.

„Alle hundert Jahre. Du hast Keli also wiedergesehen?"

Brayan nickte nur, ließ seinen Blick aus dem Fenster schweifen, wo noch immer unaufhörlich Regen gegen die Scheiben prasselte.

„Musst du nicht nach Hause?"

„Lenk nicht ab. Ich…"

Entschlossen stand Brayan auf, schüttelte den Kopf.

„Für heute nicht mehr Kleine. Erinnerungen tun weh. Und auch wenn mein Herz unsterblich ist, so leidet es. Du kannst hier schlafen. Dein Zimmer ist immer noch da, das weißt du."

Nika konnte ihm nur schweigend nachsehen. Obwohl sie gern mehr gehört hätte, eine Pause wahrlich unpassend kam verstand sie ihn auch.

Ihr Adoptivvater war allein. Das hieß der Deal war alles andere als gut verlaufen. Entweder hatte Brayan Keli nicht wiedergefunden oder aber er hatte ihn erneut verloren. Vielleicht war aber auch dessen Liebe nicht stark genug gewesen und für den Rotblonden hatte das Wort ewig nicht die gleiche Bedeutung gehabt.

Die unzähligen Fragen und Überlegungen kreisten noch lange in ihrem Kopf, auch als sie längst, von Michael nach oben in den ersten Stock gebracht, da dieser Angst zu haben schien, dass sie doch noch umkippte, in ihrem Bett lag und durch die Dunkelheit an die Decke starrte, dem Regen draußen lauschte.

Eines jedoch wurde ihr ganz deutlich bewusst. Trotz allem, was sie erfahren hatte, liebte sie diesen Mann unverändert.

Egal welche Kräfte in seinem Innern schliefen, Brayan hatte ihr niemals Schaden zugefügt.

Er hatte ihr mit schier unerschöpflicher Geduld bei den Schulaufgaben geholfen. Er war da gewesen, als sie mit ihrem ersten Liebeskummer gekämpft hatte.

Keine Idee, kein Hobby war für ihn zu verrückt gewesen, um diese nicht zu versuchen umzusetzen.

Als Nika mit grellgrünen Haaren ankam, hatte Brayan nur gelacht, anstatt geschockt zu reagieren wie die Eltern ihrer Freunde auf dessen gewählte Haarfarben.

Als sie zuerst wie ein Vamp, dann wie ein Hippie herumlief, war sein einziger Kommentar jedes Mal ein Kopfschütteln gewesen.

Alles was Brayan je forderte, war, dass sie keinem anderen schadete. Solange niemand durch sie litt, konnte sie sich in allem ausprobieren.

Sie erkannte, dass das Wort Monster unzählige Facetten besaß. Wo andere in Brayan nur das Böse sehen würden, wüssten sie von diesem Dämon, sah sie klar den Menschen, der er einst gewesen war und dieser Teil war noch immer präsent, besaß die Oberhand und ließ sich nicht von der dunklen Seite beherrschen.

Dafür empfand sie höchste Achtung. Die Blonde konnte nicht sagen, wie sie damit umgehen würde, wie verlockend ihr solch eine Macht erscheinen könnte.

Als sie am nächsten Morgen die Augen öffnete, fühlte Nika sich müde und unausgeschlafen. Gerade wollte sie sich noch einmal umdrehen, da schossen die Erinnerungen auf sie ein.

Hastig sprang sie aus dem Bett, eilte ins Bad und unter eine kühle, munter machende Dusche.

In der Küche traf sie Brayan, der am Küchentisch saß und Michael, der dabei war das Frühstück zu machen. Brayans müder Blick und die Schatten unter den Augen zeigten ihr sofort, dass er wahrscheinlich keine Sekunde geschlafen hatte.

„Vielleicht solltest du mir eher verraten, warum du überhaupt hier bist. Mitten im Semester."

Nika winkte entschlossen ab. „Später. Das ist jetzt überhaupt nicht wichtig." Sie nippte an ihrem Kaffee, den Michael ihr reichte. „Wie? Wie hast du ihn wiedergefunden? Wusste er wer du warst?"

Auf Brayans leicht amüsierten Blick hin schnaubte sie auf. „Glaubst du etwa mir reicht das was du erzählt hast? Jetzt will ich alles wissen. Verdammt! Du bist über tausend Jahre alt. Ich will weitere Einzelheiten."

„Unersättlich wie?"

Auch Michael grinste über ihre Hartnäckigkeit, setzte sich an seinen Platz und füllte sich seine Tasse mit schwarzem Tee.

„Hey. Du kennst meine Neugier. Und ich nutzte nur deine Redseligkeit aus. Soviel wie gestern Abend habe ich in den ganzen zwanzig Jahren nicht über dich erfahren."

Die Augen schließend lehnte Brayan sich auf seinem Stuhl zurück, schwieg einige Minuten lang.

„Natürlich will ich nicht, dass es dir noch mehr wehtut", murmelte sie zerknirscht, da sich Nika bewusst wurde, dass er seine gesamten Erinnerungen hervorkramen musste und das diese mit Sicherheit nicht schön waren, schließlich fehlte dieser eine bestimmte Mensch.

„Es schmerzt, ja." Er lächelte traurig. „Aber das tut es auch, wenn ich nicht rede. Und noch habe ich ein paar Tage."

5. Kapitel

Oktober 1110

Ich litt, Monate, Jahre, Jahrzehnte. Ich wollte sterben und konnte es nicht. Ob ich mir das eigene Schwert in die Brust rammte oder mich von einer Klippe stürzte, es war egal, ich wachte immer wieder auf, ohne eine einzige Verletzung davonzutragen.

Irgendwann musste ich mich damit auseinandersetzen, dass ich im Gegensatz zu allen anderen Menschen nicht alterte, dass ich der Achtzehnjährige blieb, der ich damals war. Meine Lebensuhr blieb stehen als ich den Handel mit Shanea einging.

Ich konnte die Kräfte des Dämons in meinem Innern spüren jedoch ließ ich sie nicht ausbrechen. Also lernte ich sie zu kontrollieren, lernte mein Umfeld zu täuschen. Ich entwickelte ein Gespür dafür, wann es Zeit wurde, zu verschwinden und mir ein neues Heim zu suchen.

Mal genoss ich es mich in gehobenen Kreisen zu bewegen, mal lebte ich nicht besser als ein Bettler. Für mich waren die ersten hundert Jahre Folter, da ich an den Worten des Dämons zweifelte und nicht damit rechnete, dass ich Keli wiedersehen würde. Schließlich sah ich ihn sterben, wie sollte er da zurückkehren?

Exakt hundert Jahre später, an genau dem Tag unserer allerersten Begegnung begann Kelis Ring, den ich um den Hals trug zu glühen und das Gold erwärmte sich. Noch während ich ihn verwundert in die Hand nahm, zog mich die dämonische Kraft einfach fort und brachte mich zu einem mir völlig unbekannten Ort.

So kam ich nach Italien. Zu einer Zeit, wo dort Kriege herrschten, scheinbar jeder jeden bekämpfte und niemand genau wusste, wer nun gerade wo was erobert hatte oder wer mit wem ein Schutzbündnis eingegangen war.

Ich landete direkt in der Nähe eines einfachen Normannenlagers in der Nähe von Neapel.

Dann sah ich den jungen Mann. Groß, kräftig, jedoch braunes statt rotblondes Haar und braune statt grüne Augen. So unterschiedlich und doch wusste ich, dass er es war.

Ich ging auf ihn zu, ignorierte seinen fragenden, misstrauischen Blick ebenso, wie ich seinen Griff zu seinem Schwert nicht weiter beachtete. Shaneas Kräfte leiteten mich noch immer, brachten mich dazu, dass ich nach dem Ring griff, ihn von der Kette nahm und dem anderen einfach an den Finger steckte.

Für einige Sekunden sah er mich völlig verwirrt an, dann schwankte er, bevor seine Beine nachgaben und er in meinen Armen zusammenbrach.

Ich konnte ihn nur noch zur Seite bringen, versteckt hinter einigen Büschen um nicht ungewollt neugierige Zuschauer anzulocken.

Als er nach einigen Minuten die Lider aufschlug, schimmerte zwischen dem Braun seiner Augen das mir so vertraute Grün. Lange sah er mich nur an.

„Wie hast du es geschafft?", fragte er schließlich. „Ich habe die Klinge schon gespürt. Wie hast du meinen Tod verhindern können?"

Ich brach in Tränen aus, unfähig auch nur ein Wort sprechen zu können. Erst Kelis Umarmung und die sanften Berührungen seiner Lippen auf meinem Gesicht ließen mich wieder ruhiger werden.

Nachdem ich ihm alles erzählt hatte, konnte ich die Panik in seinen Augen sehen. Sein Griff änderte sich jedoch nicht, er wurde sogar noch fester. Sein Glaube an die Götter, mit denen er aufgewachsen war, war weit größer als mein eigener an Gott. Er nahm es hin, ohne zu zweifeln, auch wenn seine Angst auf dem Unbekannten beruhte.

„Also verhindern wir meinen Tod, um zusammenzubleiben?"

„Ja."

Er lachte auf, strich mir übers Gesicht. „Schau nicht so zweifelnd. Ich bin stur. Noch einmal lasse ich mich nicht so einfach töten. Drei Wochen? Wir sind doch vorgewarnt. Und wenn die Ewigkeit heißt, das du so schön bleibst wie ich dich kennengelernt habe brenne ich darauf sie mit dir zu genießen."

Diesmal umarmte ich ihn, fühlte meine Sorgen davonfliegen. Es war mir egal, wer er vorher gewesen war oder das er anders aussah. Es war trotzdem Keli. Es zählte nur, dass ich ihn zurückhatte, dass wir wieder zusammen waren.

Er gehörte jetzt mir und hier gab es niemanden der uns auseinanderbringen würde.

Keli besaß noch seine Erinnerungen, wusste noch genau, wer er gewesen war. Und er erzählte, dass er sich fühlte, als hätte er lange geschlafen. Jedoch besaß er zu seinem damaligen Leben nun auch das Wissen seines Wirtes.

Er wollte nicht bleiben, viel zu gefährlich war dieser Ort, wobei er eher meinte, mich beschützen zu müssen, anstatt sich um sein eigenes Leben zu sorgen.

Ich ließ mich fallen, vergaß die vergangenen einsamen Jahre, die sowieso kaum erwähnenswert an mir vorübergezogen waren, und verdrängte die Ängste, die nur darauf warteten, sich zurückmelden zu können. Ganz verschwanden sie nicht, jedoch allein Kelis Nähe hielten sie Schach.

Wir genossen die nächsten Wochen, liebten uns als wäre es unser erstes Mal. Ich musste hundert Jahre Einsamkeit aufholen.

Warum ich nicht verrückt wurde?

Vermutlich lag es an den dämonischen Kräften, die dies verhinderten oder an meiner Liebe, dessen strahlendes Licht die Dunkelheit des Irrsinns verdrängte.

Meine Liebe zu ihm wuchs sogar noch. In seinen Augen konnte ich erkennen, dass es ihm ebenso ging.

Wir redeten nicht viel, genossen viel eher die Nähe des Anderen. Drei Wochen klingen viel, doch es ist viel zu wenig um hundert Jahre auszugleichen. Ich dürstete nach ihm wie jemand sich auf eine Oase in der Wüste stürzt.

Eines Abends lagen wir nackt, verschwitzt und ziemlich ausgepowert bäuchlings nebeneinander im Gras an einem Waldrand.

„Ich möchte deine Flügel sehen." Kelis Hand strich über die beiden Flügeltattoos auf meinem Rücken.

„Nein!" Entsetzt fuhr ich auf. „Das... das ist nichts was man sehen soll. Es..."

„Scht." Seine Fingerspitzen berührten sanft meine Lippen. „Sie sind ein Teil von dir. Sie sind dein Beweis für diese unbeschreiblich starken Gefühle, die wir füreinander empfingen. Bitte. Zeig mir auch diese Seite."

Noch zögerte ich, doch seinem Blick konnte ich nicht widerstehen. Er machte mich schwach, willenlos. Damit könnte er wahrscheinlich Berge versetzen.

„Also gut", gab ich seufzend nach. „Aber lauf nicht gleich weg."

„Bestimmt nicht", lachte er auf, wartete gespannt ab.

Nun ganz froh das Ich die vergangenen Jahre doch mit etwas Sinnvollem verbracht hatte, schloss ich meine Augen und konzentrierte mich. Nach den früher stundenlangen, oft schmerzhaften Versuchen meine dämonischen Kräfte zu kontrollieren fand ich schnell den heiß brodelnden Kern, der tief in mir ruhte.

Ich ließ meine Fingernägel wachsen, bis sie sich wie scharfe Krallen in die Erde gruben. Dann wandte ich mich meinem Rücken zu. Die Schwingen hervorzuholen war wesentlich anstrengender und ich dachte bereits nach unserem Akt keine Kraft mehr aufbringen zu können, als sie schließlich hervorbrachen, mich dabei leise aufschreien ließen.

Den Blick gesenkt wartete ich ab, hörte wie Keli sich bewegte und mein Herz vor Angst ins Stolpern geriet. Jetzt würde er flüchten. Jetzt würde ich wieder allein sein – für immer.

Die sanfte Berührung auf der lederartigen Haut, die sich über die Knochenauswüchse zog, ließ mich heftig erzittern.

„So schön", flüsterte er, beugte sich näher und küsste meine Schulter. „Du bist so wunderschön mein kleiner Dämon."

Konnte man noch mehr, noch stärker lieben?

Ich jedenfalls konnte es in diesem Moment. Die Flamme meiner Gefühle für diesen Mann loderte hell auf, wärmte jede Faser meines Körpers und als er mich diesmal auf den Mund küsste, nahm ich nur allzu gern die Aufforderung für eine weitere Vereinigung unserer Körper und Herzen an.

Unbehelligt schafften wir es durchs Land zu kommen, wichen jeder Stelle aus an der es auch nur von Weitem aussah als würden dort Kämpfe ausbrechen.

Die Gefahr saß uns im Nacken aber jeder Tag, den wir ohne Verletzung überlebten, machte uns zuversichtlicher, mutiger, leichtsinniger.

Viel zu schnell zogen die drei Wochen vorüber.

Wir versteckten uns schließlich von den Bewohnern unbemerkt auf einem kleinen Gehöft.

Keli nahm mich lachend in die Arme, wies mit einem vielsagend Blick zum Himmel auf die untergehende Sonne.

„Auf ewig Brayan. Mein Herz gehört allein dir."

Ich lachte ebenso, küsste ihn stürmisch. „Wir erleben gemeinsam die Unendlichkeit mit unzähligen Abenteuern."

Die lauten Rufe, die in der Scheune an unsere Ohren drangen, trieben uns auseinander.

Keli zog sein Schwert und in mir brach die Angst hervor. Panisch griff ich nach seinem Arm, doch da war er schon ins Freie getreten, um zu sehen was dort passierte.

Viele Reiter drängten sich zwischen den kleinen Hütten, trieben die drei dort lebenden Familien heraus. Sie forderten Nahrung und drohten damit alles niederzubrennen. Gewöhnliche Diebe, die nun vor allem das Leben meines Wikingers bedrohten.

Ich stolperte hinter Keli her, der meine Hand umklammerte, mit mir von dem Hof verschwinden wollte.

Weit kamen wir nicht, bis sich die schnellen Hufschläge eines Pferdes näherten.

„In Deckung." Damit stieß Keli mich zur Seite, ohne dass ich das verhindern konnte, obwohl ich ihm gegenüber mit meinen dämonischen Kräften weit im Vorteil war.

Mein Aufschrei ging in dem Aufwüten des Feuers unter, als gleichzeitig die Hütten angezündet wurden. Was sie nicht mitnehmen konnten, wollten sie auch nicht den rechtmäßigen Besitzern überlassen.

Der Reiter riss an den Zügeln, stürzte sich aus dem Sattel auf Keli und beide gingen zu Boden, wo sie miteinander rangen.

So nahe war für Keli das Schwert kaum zu gebrauchen und dieser Dieb hielt zwei Dolche in den Händen.

Ich scheuchte das Pferd zur Seite, versuchte die wenigen Meter bis zu den beiden zu überwinden. Doch dann sah ich, wie einer der Dolche in Kelis Seite gerammt wurde, der Zweite bohrte sich direkt in seinen Magen.

Hinter meinen Schläfen explodierte es und die Haut auf meinem Rücken zerriss. Ich hörte zwischen meinem eigenen Brüllen das Knallen der sich entfaltenden Flügel. Dann verengte sich wieder einmal mein Blickfeld und meine Sinne schalteten sich ab, überließen allein den dämonischen Instinkten das Feld.

Ich wütete. Und ich vernichtete jedes Leben auf dem Hof. Nicht nur die Diebe starben, auch die Familien und sogar ihre Tiere erlagen meinem Blutrausch.

Als ich schließlich neben Keli zusammenbrach, lag dieser in einer Blutlache, sein Blick starr und leer zum Himmel gerichtet, wo gerade der letzte Lichtstreifen der Sonne erlosch.

6. Kapitel

„Nein!"

Brayan zuckte nur recht hilflos mit den Schultern, unfähig etwas anderes zu denken als das was Nika gerade ausrief. Schließlich hatte er genau das auch geschrien, Kelis Leiche in den Armen haltend.

Die Augen schließend verdrängte er die Bilder in seinem Kopf zurück in die unterste, dunkelste Schublade seiner Erinnerungen, wollte die dazu gehörenden Schmerzen die sowohl Herz als auch Seele hatten ertragen müssen nicht erneut fühlen.

„Wieso?", krächzte die Blonde, kämpfte gegen die Tränen an, die ihren Blick verschleierten, sich scheinbar seit ihrem Herkommen dort eingenistet hatten. Sie fühlte mit jeder Faser ihres Körpers den Verlust den Brayan damals gefühlt haben musste.

Der Schwarzhaarige sah sie wieder an, lächelte schief. „Schicksal? Der Wille eines Dämons, der sein Spiel spielen wollte? Ich weiß es nicht Kleine. Shanea hat damals nicht auf mein Brüllen, mein Rufen geantwortet. Ich war allein. Ich war verloren. Und ich konnte mein Herz brechen hören."

Nika schluckte mühsam. „Wie oft...?" Noch einmal musste sie schlucken, um den Kloß im Hals loszuwerden. „Wie oft hast du ihn sterben sehen?"

Das Schweigen wollte nicht enden, schien sich zu ziehen wie ein Gummiband das bis zum Zerreißen gespannt wurde.

Als Brayan seine Adoptivtochter diesmal anblickte, waren seine blauen Augen so leer wie ein einfaches weißes Blatt Papier. Nika wurde bewusst, dass er mit Keli gestorben war. Auch als Unsterblicher konnte er dem Schmerz des Verlustes nichts entgegensetzen.

„Alle hundert Jahre fand ich ihn. Und alle hundert Jahre sah ich ihn sterben."

Die Worte hallten in dem Raum wieder, obwohl er sie so leise ausgesprochen hatte, als hoffte er, dass sie nicht wahr wären.

„Insgesamt verlor ich ihn zehn Mal. Und ich verlor ein jedes Mal ein Stück meines Herzens mit ihm. Doch das, was davon blieb, so wenig es auch jetzt noch ist, meine Gefühle blieben, wuchsen sogar noch." Ein, wenn auch schwaches Lächeln erschien wieder auf seinen Gesichtszügen. „Ich bereue, dass ich meinen Wunsch nicht deutlich genug ausgesprochen habe. Ich bereue aber nicht, dass ich die Chance bekam, Keli wieder und wieder bei mir zu haben. Drei Wochen können lang sein und sie können vorbeirasen wie ein Wirbelsturm. Aber es sind drei Wochen, die er allein mir gehörte; jedes Mal! Insgesamt waren wir fast ein Jahr glücklich zusammen."

Nika schüttelte ungläubig den Kopf konnte kaum glauben, was sie da hörte. „Ein Jahr gegen tausend? Das ist nicht fair."

„Mir bedeutet diese Zeit unendlich viel. Sie hält mich am Leben. Glaub mir, auch wenn ich nicht krank werden oder sterben kann, ich kann mich für Jahrzehnte aus diesem Dasein ausklinken. Und ich habe es getan. Mehr als einmal. Es ist wie ein langer Schlaf. Anders als sonst muss ich dabei nicht einmal träumen, muss nichts fühlen, nicht miterleben, wie die Menschheit sich immer schneller dem Abgrund ihrer eigenen Existenz entgegen drängt. Nur die bleibende Hoffnung, dass ich Keli wieder für diese drei Wochen zurückbekomme, dass ich vielleicht doch einen Weg finde, diese nicht enden wollende Spirale zu stoppen weckte mich wieder."

„Wie musste er jedes Mal sterben? Oder besser gesagt, auf welche Arten musstest du ihn sterben sehen?", fragte sie vorsichtig, nicht wissend, ob diese Frage überhaupt angemessen war. Michaels leichtes Kopfschütteln machte ihr deutlich, dass er von dieser Frage absolut nichts hielt.

Brayans Blick glitt scheinbar in weite Ferne, während er nachdachte. „1210 wurde er bei einem Ritterturnier von einem Pferd zertrampelt, weil dessen Besitzer ihn als Konkurrent ausschalten wollte. Keli hätte ihn ansonsten im fairen Wettkampf besiegen können. Ich beendete das Turnier vorzeitig und tränkte den Platz mit dem Blut aller Anwesenden. 1310 verbrannte er als Hexe auf dem Scheiterhaufen. Das war auch das einzige Mal, dass er nicht als Mann, sondern als Frau wiedergeboren wurde. Die seltsamsten drei Wochen, die wir zwei erlebten. Kein Sex und doch sehr schöne, unerwartet sanfte Zeiten. Obwohl Keli da die meiste Zeit in einem Verlies eingesperrt war und vor seinem Tod gefoltert wurde. Tja, sie hätten die Finger von ihm oder ihr lassen sollen. Der nachfolgende Scheiterhaufen machte die Nacht zum Tag."

Die Blonde konnte ihr eigenes Herz sich schmerzhaft zusammenziehen fühlen. Das war blanker Horror, ein nicht enden wollender Albtraum. Wie hatte Brayan das alles durchgehalten, ohne wahnsinnig zu werden?

Vor allem diese gerade erwähnte Wiedergeburt kam ihr so seltsam vertraut vor. Aber wie konnte sie von etwas träumen, von dem sie bis gerade eben nichts gewusst hatte?

„1410 wurde er vergiftet. Eine junge Indianerin war nicht begeistert, dass er ihr nicht wie gewünscht den Hof machte. Sie wünschte sich danach nie wieder etwas. 1510 ist er ertrunken, weil ein Mann glaubte, er würde seiner Gattin nachstellen. Der eigentliche Geliebte der Frau hatte ihm Keli als Sündenbock präsentiert. Sein Leben verlor er dann durch meine Hand, ebenso Kelis Mörder sowie die Hure, die das Ehegelöbnis nicht achten wollte. 1610 stürzte er beim Bau einer Kathedrale vom Gerüst. Wieder ging es um Eifersucht. Diesmal die anderer Arbeiter, die ihm seinen besser bezahlten Rang nicht gönnten. Die Kathedrale existiert nicht mehr außer du gräbst ein wenig nach ihren Überresten. Sie starben alle unter Staub und Stein.

Erschossen wurde er 1710, als unsere Kutsche von Räubern überfallen wurde. In diesem Fall tat ich allen in der Umgebung sogar einen Gefallen, weil ich diese Banditen tötete, sie so nie wieder Unheil anrichten konnten."

Übelkeit kroch in Nika hoch. Das war kein Albtraum, das war reine Folter. Und sie hörte es gerade nur, für Brayan waren es wirklich erlebte Erinnerungen.

Dieser Dämon schien einen grausamen Humor zu besitzen, wenn der denn überhaupt einen hatte. So schlimm konnte nicht einmal der Teufel selbst sein.

„1810 fand ich Keli als Sklaven auf einem der Baumwollplantagen in Amerika. Wir flohen, er wurde wieder eingefangen, ausgepeitscht und dann erhängt. 240 Menschenleben löschte ich damals aus, vernichtete diese und noch eine weitere Plantage, weil dessen Besitzer bei der Tötung half. Bleibt noch 1910. Da arbeitete Keli in einem Bergwerk. Ich wollte ihn dort nicht haben, doch er meinte wir bräuchten doch etwas Geld für unser gemeinsames Leben. Er wurde von einem der Transportwagen, Hunt glaube ich heißen die, in einem der Stollen zerquetscht, da seine Kumpel nichts von seiner Beziehung zu mir hielten und ihn mit meinem Auftauchen für dreckig und gotteslästernd hielten. Ich sorgte dafür, dass sie alle dort unten in den einstürzenden Stollen starben. Kelis letzter Tod ließ mich schließlich intensiver daran arbeiten, für eine gemeinsame Zukunft zu planen, egal wie lang ich auch noch weiter darauf warten muss. Darum die vielen Häuser überall auf der Welt. Und ich habe ein ziemlich gutes Gespür, was Geldanlagen betrifft. Zuletzt hast du mich davon abgehalten, dass ich mich wieder völlig zurückziehe und nur abwarte, bis die Zeit gekommen ist. Es ist mir gleichgültig wer Keli dann seit wird. Ich verliebte mich in ihn als meinen starken Wikinger. Ich liebte ihn im Körper einer Frau, allein weil es Kelis Wesen war. Mich interessiert nicht Haar-, Augen- oder Hautfarbe. Es war jedes Mal seine Seele, sein Herz, die ich mit einem Blick in die Tiefen seiner Augen sehen konnte."

Er lächelte die Blonde leicht an, konnte ihr das Entsetzen deutlich ansehen. Somit verstand er die nächste Reaktion vollkommen.

Nur nicken könnend erhob Nika sich nämlich. „Ich... ich glaube ich brauche eine Pause", murmelte sie, während ihre Beine ihren Körper längst aus dem Raum trugen.

Das Frühstück lag noch immer schwer wie ein Stein in ihrem Magen. Sie fühlte sich schlapp und müde, ganz so als hätte sie für eine Arbeit durchgeackert.

Sie könnte das nicht, das war ihr deutlich bewusst. Eine Liebe, die von so viel Schmerz und Leid erschüttert wurde, die mit so viel Verlust behaftet war würde sie selbst nicht ertragen können.

Klar, sie hatte einen Freund. Daniel war wirklich großartig, liebevoll, zuvorkommend, immer für sie da. Doch würde diese Liebe zwischen ihnen ebenso lange halten?

Konnte sie sich vorstellen, Daniel tausend Jahre lang auf der ganzen Welt immer wieder zu suchen?

Woher nahm Brayan diese Kraft? Allein von dem winzigen Funken Hoffnung, Keli wiederzusehen?

Was würde geschehen, wenn der Dämon genug von diesem Spiel hatte und eine Wiedergeburt nicht einfädelte?

In ihrem Zimmer sank sie erschüttert aufs Bett, weil ihr die Antwort nur allzu klar wurde.

Dann würde es Brayan nicht mehr geben. Er würde seiner dämonischen Seite die Kontrolle überlassen und was diese dann auf dem Planeten und mit allen hier existierenden Lebewesen anrichten würde, wollte sie sich nicht einmal ansatzweise ausmalen.

Himmel, ihr Problem, wegen dem sie hergekommen und auf Hilfe gehofft hatte, war jämmerlich klein gegen das, was ihr Adoptivvater ertragen musste.

Die Tränen liefen ihr unaufhaltsam über die Wangen. Längst störte die Blonde sich nicht mehr daran. Sie war allein, warum sollte sie ihren Gefühlen nicht einfach freien Lauf lassen? War sie so blind gewesen in den vergangenen zwanzig Jahren? Warum hatte sie nie etwas von dem bemerkt was Brayan mit sich herumtrug?

Sie fühlte sich in diesem Augenblick als wahrlich schlechte Tochter. Sie hätte doch etwas merken müssen, etwas ahnen müssen.

Schon das Brayan immer allein gewesen war, niemals nach jemandem gesucht hatte. Nika hatte bis jetzt nicht einmal gewusst, dass er homosexuell war.

Wut, Verzweiflung, Mitgefühl und Schmerz wechselten sich ab und die junge Frau kam erst zur Ruhe als sie vor Erschöpfung, trotz der frühen Stunde einschlief.

Brayan trat in ihr Zimmer, blieb an dem Bett stehen. Leicht den Kopf schüttelnd strich er ihr eine Haarsträhne aus dem Gesicht und wischte die letzten Tränenspuren von ihren Wangen.

„Mach dir doch nicht so viele Gedanken. Es ist nicht dein Schmerz Kleine", flüsterte er. „Du solltest nur dein Leben genießen. Es ist kurz genug, selbst wenn du hundert werden solltest."

Der nächste Morgen kam eindeutig zu schnell. Nika fühlte sich noch immer müde, obwohl sie fast vierundzwanzig Stunden durchgeschlafen hatte.

Ihr Körper jedoch schien dies nicht als ausreichend zu empfinden.

Ihr Kopf aber wollte keine Pause mehr, drängte dazu, weitere Informationen von Brayan zu bekommen.

Wie hatte sie eigentlich sonst die durchzechten Partynächte überstanden?

Auf dem Weg nach unten zur Küche musste sie sich eingestehen, dass es die neuen Eindrücke, das unvorstellbare Wissen über Brayan war was sie so sehr aufwühlte, dass sie nicht einmal während des Schlafens Ruhe zu finden schien.

„Guten Morgen.", grüßte der Schwarzhaarige, schob ihr eine Tasse heißen Kaffee zu.

Michael kämpfte am Herd gerade mit seinem geliebten Frühstücksspeck, der es trotz der ganzen Jahre Übung noch immer wagte, immer wieder mal anzubrennen.

Verwundert griff Nika nach der Milch, kippte etwas in das schwarze Gebräu. „Wieso bist du schon auf? Ich fühle mich als hätte ich seit einer Woche kein Auge zugetan, obwohl ich einen ganzen Tag verpennt habe und du wirkst lediglich etwas erschöpft."

„Etwas Positives muss es doch haben von einem Dämon beschenkt worden zu sein. Ich muss nicht schlafen. Es ist ein Luxus für mich. Da daran aber auch meistens Träume gebunden sind, gönne ich ihn mir nicht allzu oft. Wenn, dann klinke ich mich wie bereits erwähnt vollkommen aus."

Die Blonde starrte in ihre Tasse, zuckte dann hilflos mit den Schultern. „Es kommt mir vor als hätte ich jemand völlig Fremdes vor mir. So wenig was ich über dich wusste, dabei bist du der wichtigste Mensch in meinem Leben. Wie konnte ich all die Jahre so blind sein?"

„Weil ich es wollte. Du hast nichts erfahren, weil du es nicht solltest. Wie hättest du vor fünf oder vor zehn Jahren mit diesem Wissen leben können? Ich bin mir nicht einmal sicher, ob du es jetzt kannst."

Den Blick hebend verengte Nika die Augen zu schmalen Schlitzen. „Ich werde niemandem etwas verraten. Ehrlich, das müsstest du eigentlich wissen."

Brayan lachte laut auf, lehnte sich auf seinem Stuhl zurück. „Danke. Aber denk nicht, du müsstest mich schützen. Ich kann mich sehr gut verteidigen. Es wäre eher für alle anderen gefährlich die es erfahren würden. Die Menschen sind noch nicht so weit. Sie werden es vielleicht nie sein. Tausend Jahre haben mir mehr als deutlich gezeigt, dass sie alles bekämpfen müssen, was sie ablehnen, was sie nicht verstehen, was sie fürchten. In meinem Fall würden sie das Echo jedoch nicht gut vertragen."

„Du hast viel gesehen, richtig?" Nika neigte den Kopf zur Seite, musterte ihren Adoptivvater. So jung und doch so alt. Ein wandelndes, atmendes Geschichtsbuch.

Brayan musterte sie einige Sekunden, lächelte dann. „Ich kenne dich. Du sagst es nicht aber die Neugier glitzert in deinen Augen. Möchtest du irgendeinen Ort sehen?"

Ungläubig blinzelte die Blonde. „Eine Flugreise?"

„Flugzeug? Ich setze mich doch nicht in ein Flugzeug", schnaubte Brayan entrüstet.

Über seinen dabei gezeigten Gesichtsausdruck musste Nika lachen, hörte Michael mit einstimmen. Ihr Vater schien diesen Metallvögeln absolut nichts abgewinnen zu können. „Das ist Teufelswerk. Menschen können nicht fliegen."

„Ähm." Der Blonden wurde mit dieser Aussage zum ersten Mal ganz deutlich bewusst, wie alt der Schwarzhaarige war, wie selbstverständlich sie selbst mit allen Neuerungen der Moderne aufwuchs, die der Andere mühsam zu akzeptieren hatte lernen müssen.

„Unsinn. Das dauert viel zu lange. Ich gebe es zu, ich hatte auch Angst davor, wie du reagierst wenn du je hinter mein Geheimnis kommst. Ich vertraue dir, ehrlich aber es ist nun mal nicht alltäglich plötzlich einen Dämonen, zumindest einem halben, zu kennen."

„Du bist kein Dämon", unterbrach Nika sofort. „Du bist mein Vater. Du bist der liebste Mensch der Welt und es ist mir völlig egal, was noch in dir steckt."

Das Lächeln des Schwarzhaarigen intensivierte sich. „Dann sieh es als Belohnung. Für deine Toleranz. Für dein geduldiges Zuhören. Und für die Tatsache, dass du mich noch immer in deiner Nähe haben möchtest."

„Ich werde dich niemals aus meinem Leben streichen", stellte Nika klar. Sie rieb sich nervös die Hände. „Also gut. Ich riskiere es."

„Wo willst du hin? Was willst du sehen? Die Pyramiden von Gizeh? Die Chinesische Mauer? Die Verbotene Stadt? Pompeji? Die Niagarafälle?"

Nika schüttelte den Kopf. „Nein." Ihr fiel nur ein Ort ein, den sie gerade sehen wollte, warum konnte sie gar nicht genau sagen, aber der Gedanke verfestigte sich mit jeder verstrichenen Sekunde. Ob Brayan jedoch gerade darauf eingehen würde?

„Ich möchte zu der Burg. Den Ort, wo ihr zwei euch zum ersten Mal gesehen habt."

Die Gesichtszüge ihres Adoptivvaters entglitten. Es dauerte etwas, bis er sich zu fangen schien. „Warum gerade da hin?"

„Keine Ahnung. Vielleicht, weil dort alles begann. Vielleicht weil ich gern sehen möchte wo du gelebt hast."

„Es ist nichts mehr da. Lediglich ein paar Steine. Die Festung existiert nicht mehr."

Hilflos zuckte Nika mit den Schultern, sah kurz zu Michael, der von ihrem gewählten Ziel auch nicht allzu begeistert schien, jedoch kein Wort sagte.

Wie immer sehr schweigsam.

Wie viel wusste dieser Mann eigentlich von Brayan?

Bis jetzt schien ihn nichts sonderlich aus der Fassung gebracht zu haben.

Nika wusste, dass er für Brayan mehr als nur ein Angestellter war. Michael war eine Art Freund, vielleicht sogar zum Teil ein Vaterersatz, ein Berater, ein Zuhörer.

Aber hatte er wirklich schon gewusst, dass in dem Schwarzhaarigen Dämonenkräfte schlummerten?

Noch mehr Rätsel. Wirklich klasse.

„Ich kann es wirklich nicht erklären. Kann sein, dass es daran liegt, das ich alle anderen Orte auch ohne deine Hilfe bereisen kann, aber diesen Platz kennst nur du. Oder wird diese Burg in den Geschichtsbüchern erwähnt."

„Erwähnt ja aber den genauen Standort kennt niemand außer mir. Das Land gehört mir, ich lasse dort keine Forscher herumschnüffeln."Brayan seufzte. „Gut. Also die Burg. Du wirst enttäuscht sein."

Er stand auf, griff nach Nikas Hand und zog sie ebenfalls auf die Füße. „Gut festhalten. Und du, Michael, passt hier auf. Wir sind bald zurück."

Automatisch klammerte die Blonde sich an Brayans Hemd fest, spürte, wie sich ein Kribbeln in ihrem Körper ausbreitete. Dann blendete ein helles Licht ihre Augen sodass sie hastig die Lider senkte.

Als sie diese wieder öffnete, standen sie auf einer weitläufigen Wiese, hörten das Donnern der Brandung an den nahen Klippen.

Das Kribbeln in Nikas Körper blieb, verstärkte sich sogar noch. Ihr Herz schlug heftig und eine unbekannte Freude breitete sich in ihr aus.

„Es ist schön hier." sie drehte sich langsam im Kreis.

„Findest du? Ich sehe hier nur Blut. Ich rieche den Tod." Brayan war unnatürlich blass und seine Hände, zu Fäusten verkrampft, zitterten heftig. „Aber das können auch bloß die Erinnerungen sein."

Nika fühlte sich schlagartig furchtbar mies. „Es tut mir leid. Ich hätte…"

„Nein Kleine. Es sind meine Erinnerungen, nicht deine. Lass dich davon nicht runterziehen und genieße es. Es ist schließlich wirklich ein schönes Fleckchen Erde." Er wies zu einigen Erhebungen des Bodens. „Das dort sind die letzten Überreste der Burg. Die Steine sind längst überwachsen und für nicht wissende gar nicht mehr zu erkennen."

In den nächsten Minuten schaffte Brayan es, seine Trauer zu verdrängen und Nika mit einer anschaulichen Beschreibung der Festung und des damaligen Dorfes zu fesseln. Diese konnte wieder einmal nur erstaunt feststellen, wie gut der Schwarzhaarige darin war und ihre Fantasie die dazu nötigen Bilder lieferte. Die Burg erschien vor ihrem inneren Auge, ragte imposant empor.

„Bist du von uns enttäuscht?", fragte sie schließlich leise. „Ich meine von den Menschen selbst?"

„Ich erlebte die Veränderungen der menschlichen Rasse, durchlebte ihre Kriege und Eroberungen. Ich sah Reiche auferstehen und ganze Völker verschwinden. Ich verfolgte ihre Fehler, aus denen sie so wenig lernten, beobachtete ihre Erfindungen, die so oft mehr schädlich als nützlich sind. Enttäuscht ist das falsche Wort. Ich habe einfach nur die Hoffnung verloren, dass ihr euch ändern könnt."

Sie waren weitergewandert, standen nun vor den spärlichen Überresten des Waldes. Einerseits von einem verheerenden Sturm stark dezimiert war er dann der Rodung durch die früheren Bewohner der Küste zum Opfer gefallen. Tausend Jahre waren lang und hinterließen wahrlich kaum nennenswerte Spuren, wenn diese nicht bewahrt wurden.

Einige Stunden später kehrten sie zurück ins Stadthaus, Nika noch immer tief beeindruckt von dem Erlebten, vor allem aber von dieser Art der Fortbewegung.

Doch Brayan schien längst weiterzudenken und ein Thema aufgreifen zu wollen, an das die Blonde gar nicht mehr gedacht hatte. Er beugte sich vor, hielt Nikas Blick mit seinen hellen blauen Augen fest. „Klär mich endlich auf Kleine. Warum bist du hergekommen? Einfach nur, um mir einen schönen Tag zu wünschen, mit Sicherheit nicht."

Sie gingen ins Esszimmer, wo Michael bereits das Abendessen auftischte.

Dass sie doch so lange unterwegs gewesen waren, war Nika gar nicht bewusst gewesen.

Die Blonde spürte, dass Brayan versuchte sie mit dieser Frage von ihren Grübeleien abzulenken und sie in die Sicherheit der heilen Welt zu fülnen, an die sie vor wenigen Tagen noch geglaubt hatte, auch wenn sie eigentlich gar nicht gerade jetzt darüber reden wollte.

Es funktionierte, wie sie zerknirscht feststellte. Nika hätte sich vielleicht wehren sollen, ihrem Vater Hilfe, Unterstützung anbieten sollen, gleichzeitig aber wurde ihr mehr als deutlich, dass sie keinerlei Einfluss darauf haben würde, wie die hoffentlich nächste Begegnung zwischen Brayan und Keli ausging. Dann könnte Brayan erneut hundert Jahre warten, während ihr eigenes Leben dagegen viel zu schnell wie Sand durch die Finger rann. Ein weiteres Zusammentreffen der Beiden würde sie gar nicht mehr erleben.

„Genieße was du hast, Nika. Du weißt nicht, wie lange du es behalten darfst."

„Kannst du Gedanken lesen?"

„Vielleicht." Er lachte, diesmal nur leise. „Nein. Aber dein Gesichtsausdruck ist mehr als deutlich. Ich studiere menschliche Emotionen nicht erst seit gestern. Also? Sprich dich endlich aus."

„Na schön." Auch wenn es angesichts der Probleme ihres Gegenübers absolut lächerlich schien, aber deswegen war sie ja überhaupt erst hergekommen. „Ich steh seit einigen Wochen ziemlich neben mir. Ich hab ständig wirre Träume die meinen Schlaf stören aber mit denen ich überhaupt nichts anfangen kann, wenn ich mich denn mal an etwas erinnere. Manche sind klar und deutlich, andere absolut verschwommen. Es ist als würde ich von jemand anderem träumen, obwohl es mir doch passiert. So als müsste ich mich erinnern und könnte es nicht, sodass mir diese Träume dabei helfen wollen, dass ich es wieder weiß. Als du davon gesprochen hast, dass Keli als Hexe verbrannt wurde, erinnerte mich das an einen dieser Träume. Das war wirklich ekelhaft und schrecklich. Nur woher diese Bilder, Eindrücke, sogar Gerüche kommen, weiß ich nicht. Sogar du tauchst immer wieder darin auf."

Brayans Blick war nachdenklich, schien aber ebenso wenig weiterzukommen wie sie selbst.

"Ich werde darüber nachdenken. Es kommt mir vor, als läge die Lösung ganz nah vor mir. Aber du hast recht. Du solltest nicht von etwas träumen, was du im Grunde nicht kennst. Es sei denn, du hast in letzter Zeit irgendwelche Bücher gelesen oder Filme gesehen."

"Nein. Dafür ließ mir die Uni gar keine Zeit."

"Ich werde drüber nachdenken, versprochen."

Nika nickte erleichtert. So war Brayan. Er kümmerte sich. Sie musste nicht mehr alleine grübeln, musste nicht verbissen nach einer Lösung suchen, wo sie nur im Dunkeln stocherte.

Nun würde sie sich wieder auf anderes konzentrieren können. Vielleicht verschwanden diese Schlaf raubenden Träume auch ganz allein wieder.

Jetzt wollte sie viel eher viel mehr über Brayan in Erfahrung bringen, alles weitere hören, was er zu erzählen bereit war. Und wenn nicht gab es auch noch die Bücherei, in denen es mit Sicherheit Geschichtsbücher gab, in denen sie mehr über die einzelnen Jahrhunderte heraussuchen konnte, eine ihrer Lieblingsbeschäftigungen.

So hatte sie schon in der Schulzeit mehr gelernt, als nur die knappen Fakten, die die Lehrer vermittelten.

7. Kapitel

Erst nach der letzten geschriebenen Arbeit ging Nika wieder bei ihrem Adoptivvater vorbei.

Die Uni kannte kein Pardon, interessierte sich nicht dafür, dass sie mit ihren Gedanken ständig zu Brayan abzudriften drohte.

Die wenige freie Zeit, die sie zwischen Lernen und Schreiben fand, verbrachte sie in der Bücherei, um dort zu recherchieren.

Doch gegen die aufgeführten großen Ereignisse in den einzelnen Geschichtsepochen waren Brayans und Kelis Zusammentreffen und die daraus folgenden Geschehnisse wohl zu unbedeutend, um erwähnt zu werden.

Somit war der Schwarzhaarige der Einzige, der davon berichten konnte, wenn er denn überhaupt noch genauer darüber sprechen wollte. Zumindest diese Träume hatten aufgehört. Vielleicht weil sie mit Brayan gesprochen hatte, vielleicht auch weil sie zu sehr unter Stress stand und ihr Körper den Schlaf rein zur Erholung nutzte.

Es war zwar bereits Oktober aber wann genau er Keli zum ersten Mal getroffen hatte, war nicht zur Sprache gekommen. Anfang des Monats? In der Mitte? Oder erst zum Ende hin?

Zumindest wollte sie es noch versuchen, gemeinsam mit Brayan einen gemütlichen Abend zu verbringen, bevor sich alles änderte, er vielleicht sogar das Land verließ und sie sich, wer weiß, wann, wiedersahen. Es war wie ein Zwang, dem sie nachgab, nicht genau erklären könnend warum.

Tief drinnen hatte Nika genau davor Angst. Was wäre danach? Wenn Keli wieder starb. Würde sie Brayan überhaupt wiedersehen? Oder zog der sich dann zurück, tauchte irgendwo unter?

So viele Fragen, die sie dem Schwarzhaarigen jedoch nicht stellen wollte. Das ging sie nichts an. Sie könnte ihm wahrscheinlich sowieso nicht helfen mit dem neuen Schmerz des Verlustes klarzukommen.

Brayan blickte überrascht vom Schachbrett auf, an dem er mit Michael saß, als Nika ins Wohnzimmer kam. „Hey."

„Hey. Hunger?" Vielsagend hob die Blonde die Tüte mit dem gerade gekauften chinesischen Essen.

„Klar. Chinesisch immer." Beide Männer standen auf und sie gingen in die Küche, wo Brayan Teller aus dem Schrank holte, da er es nicht mochte aus den Aluschalen zu essen.

Während Nika und Michael sich mit einer Gabel begnügten, benutzte er geschickt Stäbchen, musterte seine Adoptivtochter einige Male.

„Ärger?", fragte er schließlich. „Oder noch immer deine seltsamen Träume?"

„Weder noch. Ich bin mit den Arbeiten, die gerade an der Uni anstanden fertig und ich wollte gern noch einen Abend mit dir verbringen bevor…" Nika brach ab, wusste nicht, wie sie es aussprechen sollte, das sie wirklich Angst hatte, Brayan demnächst zu verlieren.

„Gutes Timing."

Irritiert sah die Blonde auf.

„Heute Nacht, Punkt null Uhr. Dann beginnt der Tag an dem ich Keli zum ersten Mal sah. Und innerhalb der vierundzwanzig folgenden Stunden suche ich nach ihm, bis ich ihn finde."

„Heute schon?", krächzte Nika, spürte, wie ihr Appetit schlagartig nachließ. „Du wirst dann gehen, richtig? Und du kommst nicht zurück." Jetzt gab sie ihren Gedanken doch eine Stimme, bereute es sofort und starrte auf die Tischplatte, um nicht die Antwort in den blauen Augen sehen zu müssen.

Brayan griff nach ihrem Kinn, zwang sie mit sanftem Druck dazu wieder aufzublicken. „Egal wie es endet. Du gehörst jetzt zu meinem Leben. Natürlich wünsche ich mir, dass Keli dieses Mal bleibt. Aber ich habe keinerlei Einfluss darauf, so sehr ich es auch versuche und hoffe. So verbissen ich um eine Lösung suche, immer greifen Mächte ein, die unser gemeinsames Glück zerstören. Ich habe tausend Jahre lang keine Möglichkeit gefunden, ihn vor diesen Toden zu bewahren. Ich bin schon froh, wenn der Dämon zumindest bei Kelis Wiederkehr sein Wort hält. Ich verspreche dir jedoch, dass ich zurückkomme. Du bist zwar schon zwanzig aber ab und zu scheinst du meine Unterstützung und Hilfe noch gut gebrauchen zu können."

Nika zog ihren Vater fest in die Arme. „Danke."

„Doch nicht dafür." Leicht strich er der Blonden über den Rücken.

Sich wieder dem Essen widmend, konnte Nika es sogar genießen.

„Was bewahrst du nun eigentlich in dem Zimmer da oben auf?"

Auflachend schüttelte Brayan den Kopf. „Neugierig wie immer." Der Schwarzhaarige trank ein Schluck Wasser, bevor er weitersprach. „Erinnerungen. Dinge aus Kelis Leben oder besser aus der Zeit, bevor der Teil unserer gemeinsamen Tage wieder erwacht ist. Sentimental ich weiß, aber es hilft mir."

„Darf ich es mir ansehen?"

„Du warst doch schon oben? Bei deinem letzten Besuch bist du doch schon im Zimmer gewesen."

„Machst du Witze? Ich bin auf der Türschwelle umgekippt. Wie hätte ich da mehr sehen können als deine Flügel?"

Brayans Augen verengten sich leicht, während er amüsiert grinste. „Richtig. Da war ja was."

„Ha, ha."

Breiter lächelnd nickte er schließlich. „Okay. Schau es dir nach dem Essen an. Aber es wird nichts angefasst."

„Versprochen", beeilte Nika sich ihm zu versichern.

Oben im Zimmer stand die Blonde erst einmal minutenlang nur sprachlos da, betrachtete ungläubig die unzähligen Dinge, die sich dort befanden. Viele davon waren kaum erwähnenswert. Ein einfacher Armreif, ein Lederbeutel oder ein holzgeschnitzter Adler. Aber es gab auch wunderschöne Landschaftsbilder oder filigran gearbeitete Figuren.

Auf einem Tisch in der Mitte des Raumes lag eine Weltkarte und in einem Regal, das eine ganze Wand füllte, drängten sich unzählige Bücher, viele davon mit für sie nicht zu entziffernden Zeichen.

„Wie viele Sprachen sprichst du überhaupt?"

„Einige", antwortete Brayan wage. Vielleicht kannte er selbst nicht einmal die genaue Zahl. Es mussten einfach viele sein, schließlich konnte er sich in der ganzen Welt frei bewegen und es gab mit Sicherheit mehr als nur ein oder zwei ausgestorbene Sprachen.

Dazu kamen unzählige Zeichnungen von verschiedenen Personen, die überall zwischen den Bilderrahmen an die Wände gepinnt waren.

„Wer ist… Moment! Das ist Keli?"

„Allzu lange gibt es die Fotografie noch nicht. Also habe ich ihn aus meinen Erinnerungen gezeichnet nach jeder seiner Wiedergeburten."

Vor einem Porträt, dem einzigen das in Farbe und eingerahmt war, blieb Nika stehen. Es zeigte einen jungen Mann mit unbändigen rotblonden Haaren, beinahe lebendig wirkenden wilden Augen in dessen Tiefen sich aber auch kaum vermutete Sanftheit verbarg. Dieser Mann kam den Beschreibungen eines göttlichen Wesens verdammt nahe und Nika musste sich eingestehen, dass so jemand wohl alle in seiner Umgebung in seinen Bann gezogen haben musste. Brayan trat hinter ihn, lachte leise auf. „Beeindruckt? So ähnlich wirkten die Wikinger damals alle. So viel Angst und Schrecken sie verbreiten konnten, so fesselnd war ihr Äußeres auch."

„Das ist Keli? Der Keli?"

„Jepp. Genau der."

„Wow. Ganz ehrlich, bei dem könnte sogar ich schwach werden."

„Es ist die Ausstrahlung. Anziehend aber auch gefährlich. Verboten! Eine Mischung, die jeden schwach werden lassen kann, egal welchen Geschlechts."

Brayan blickte auf seine Armbanduhr.

„Du solltest jetzt gehen."

Auch Nika musterte kurz die Zeiger ihrer eigenen Uhr, schüttelte entschlossen den Kopf. „Nein. Ich bleibe, bis es so weit ist."

„Das kann die vollen vierundzwanzig Stunden dauern", versuchte der Schwarzhaarige sie umzustimmen. "Kommt darauf an, wo er sich befindet."

„Egal. Ich bleibe. Ich werde mich auch ganz still in eine Ecke setzen. Bitte."

„Deine Neugier kann manchmal wirklich lästig sein", brummte Brayan, gab jedoch nach wohl wissend, dass er wie früher schon nicht gegen den bettelnden Blick seiner Adoptivtochter ankommen würde. „Es wird gar nicht viel passieren. Ich warte lediglich auf die

Reaktion des Ringpendels. Sobald es ausschlägt und mir Kelis Position anzeigt, werden die dämonischen Kräfte automatisch aktiviert und ich werde an diesen Ort gezogen."

„Kein Problem. Sobald das geschieht, gehe ich nach Hause und warte dort auf dich. Und glaub mir, ich wünsche dir von Herzen, dass ich dich dann zusammen mit Keli wiedersehe."

Brayan saß an dem Tisch. Die Augen geschlossen ließ er zwischen seinen gefalteten Händen Kelis Ring an der Kette über der Weltkarte baumeln.

Unauffällig schielte Nika auf ihre Uhr, unterdrückte ein Aufstöhnen. Mittlerweile saßen sie schon über fünf Stunden hier, ohne dass sich das Pendel auch nur minimal bewegt hätte. Ein leichtes Glühen ging von dem Ring aus, dessen Intensität pulsierte wie ein eigener Herzschlag. Ihre Beine waren fast taub und auch ihr Rücken protestierte langsam wegen der unveränderten Haltung. Trotzdem wagte die Blonde es nicht, sich anders zu setzen um Brayan nicht zu stören.

Dessen Geduld schien unerschöpflich zu sein aber er hatte ja auch einige Übung darin zu warten. Sie dagegen wurde mit jeder verstrichenen Stunde unruhiger.

„Der Ring findet ihn nicht."

Das Sie laut gesprochen hatte realisierte Nika erst als Brayan sich leicht bewegte und antwortete.

„Der Ring zeigt es. Keli ist da. Ich weiß nur nicht, warum er mich nicht zu ihm führt." Sein Blick huschte zu der Blonden hinüber, bevor er sich wieder der Karte zuwandte. „Bitte geh."

„Aber…!"

„Bisher war niemand dabei wenn ich Keli ausgependelt habe. Vielleicht liegt es daran. Geh nach Hause Nika. Ich hab's versprochen, ich melde mich bei dir."

Obwohl sie noch weiter protestieren wollte, wusste sie, dass dies absolut nichts bringen würde. Umständlich kämpfte sie sich auf die Beine, die heftig protestierten und zu kribbeln begannen nach der langen Zeit in unbewegter Lage.

„Viel Glück", raunte sie noch und schloss die Tür hinter sich.

Den gesamten Heimweg über ging ihr dieser letzte Blick nicht mehr aus dem Kopf. In Brayans Augen hatte Angst gestanden, Verzweiflung und Hilflosigkeit weil der Ring nicht, wie üblich seine Aufgabe übernahm.

Nika konnte nur hoffen, dass es noch funktionierte denn sonst würde ihr Adoptivvater sein Versprechen mit Sicherheit nicht einhalten, sich stattdessen zurückziehen und einfach spurlos verschwinden.

Brayan starrte auf die Karte, den Ring direkt über dem kleinen roten Punkt haltend, neben dem in winzigen Buchstaben London stand.

Das Gold strömte eine Hitze aus, die längst die Kette hinaufgekrochen war und zwischen seinen Fingern brannte, trotzdem wurde er nicht wie sonst direkt zu Keli geführt.

„Bitte", flehte er mit zitternder Stimme.

„Shanea!", schrie er dann. „Warum tust du das?"

Doch der Dämon zeigte sich nicht, hatte möglicherweise längst sein Interesse an seinem selbst inszenierten Spiel verloren und ignorierte das Leiden des Schwarzhaarigen einfach.

„Bitte." Seine Finger schlossen sich fest um den Ring, während sich die blauen Augen mit Tränen füllten. „Bitte."

Der Sog kam so plötzlich, dass Brayan gar keine Zeit fand irgendwie zu reagieren, am Ende der übersinnlichen Reise unsanft auf den Boden knallte.

Sein Blick huschte hastig nach allen Seiten, um möglichst schnell die Umgebung abzuchecken. Seine eigenen übernatürlichen Fähigkeiten schlugen nicht an, sodass er davon ausgehen konnte, dass keine direkte Bedrohung bestand.

„Brayan?"

Den Kopf hebend starrte er mit sich weitenden Augen auf die Blonde, die aus der Küche in den Flur trat.

„Was...? Wieso...?" Dann starrte Nika auf den Ring in Brayans Händen, keuchte entsetzt auf. „Nein!"

Unfähig zu handeln sahen sie sich minutenlang nur an, bis der Schwarzhaarige aufstand, dem stärker werdenden Drang des Ringes nachgab und auf seine Adoptivtochter zuging.

„Nein!" Diese wich zurück, stieß gegen den Türrahmen. Brayans Augen jedoch glimmten dunkelrot, zeigten, dass momentan nur seine dämonischen Kräfte handelten, er selbst keinerlei Einfluss hatte.

Als sie spürte, wie der Ring über ihren Finger gestreift wurde, fühlte Nika einen heftigen Schwindel, der sich in ihrem ganzen Körper ausbreitete und sie in eine tiefe Schwärze zerrte.

Brayan fing die Zwanzigjährige auf, als diese bewusstlos zusammenbrach, hielt sie heftig zitternd fest. So sehr sich alles in ihm dagegen gesträubt hatte war es ihm nicht möglich gewesen, sich gegen die dunklen Kräfte zu wehren, hatte sie handeln lassen müssen.

„Es tut mir leid", schluchzte er auf. „Es tut mir so leid."

Nika fest an sich drückend warf er den Kopf in den Nacken und schrie: „Du bist ein Monster Shanea! Luzifer selbst kann nicht so grausam sein. Ich hasse dich!"

8. Kapitel

Keli zuckte leicht zusammen, als etwas Feuchtes seine Wange traf, hob mühsam die schweren Lider.

Eine unermessliche Wärme breitete sich in ihm aus. „Brayan.", krächzte er, hob eine Hand und strich über das tränennasse Gesicht des Schwarzhaarigen. „Du bist wieder hier."

Seine Gedanken waren noch wirr, hatten einige Schwierigkeiten sich zu ordnen, alle Erinnerungen in die richtige Reihenfolge zu bringen und vor allem die seines Wirts zu erkennen, sie nicht mit den eigenen zu vermischen.

Brayans Umarmung wurde noch fester. Die Tränen schienen gar nicht enden zu wollen.

„Hey. Was ist los?"

„Du… Sie… Das ist nicht fair. Das schaffe ich nicht. Das ist zu viel."

Entschieden legte Keli seine Hand über Brayans Lippen, befreite sich aus der Umarmung und setzte sich auf.

„Es hat doch wieder funktioniert. Wir haben eine erneute Chance erhalten."

Gut, die Stimme klang etwas hoch und irgendwie fühlte sich dieser Körper weitaus fremder an, als sonst, aber das waren Nebensächlichkeiten. Für Keli zählte nur, dass er hier war, das Brayan hier war, das sie wieder zusammen waren.

Nach der Hand greifend zog Brayan diese an seine Wange, lehnte sich gegen die sanfte Berührung. Jede Faser seines Körpers schrie nach seinem Gefährten, wollte ihn nicht mehr loslassen, wollte ihm nahe sein.

So lange Zeit. So langes Warten.

Doch sein Herz zerriss bei dem Gedanken daran, wen er auch vor sich hatte.

Bisher waren ihm die Menschen egal gewesen, in denen Keli wiedererwacht war. Ob Weiß oder Schwarz, ob Mann oder Frau, es war schließlich Keli der ihn ansah, sobald der Ring seinen Platz zurückerhalten hatte.

Aber nun hieß das, dass er Nika verlor. Dass er beide verlieren würde, sollten sie erneut versagen.

Als Keli ihn küsste erwiderte er heftig, ausgehungert nach dessen Berührungen. Dann jedoch wich er zurück.

„Ich kann nicht. Ich kann das nicht."

In Keli liefen die Gedanken auf Hochtouren. Etwas war eindeutig anders und es gefiel ihm nicht. Diese Zeitsprünge waren immer anstrengend gewesen, vor allem weil ihm stets viel zu viele Informationen fehlten. Er nur mit minimalen Bruchstückchen zurecht kommen musste.

Nun schien aber auch noch ein entscheidendes Puzzleteil zu fehlen. Sonst ließ er die Erinnerungen der Menschen, dessen Körper er übernommen hatte in Ruhe, wollte nicht mehr als nötig über ihr Leben wissen, da er genau wusste, dass sie ihres mit seinem Auftauchen verloren, doch diesen Vorsatz musste er jetzt aufgeben.

Es dauerte nur wenige Herzschläge, bis er seine eigenen Erinnerungen mit denen des Menschen verbunden hatte. Ihm fehlten buchstäblich die Worte und er zog Brayan wieder zu sich, küsste ihn auf die Schläfe. „Es tut mir leid."

Es war weitaus schockierender, dass er im Körper von Brayans Adoptivtochter steckte, als das es sich diesmal wieder um eine Frau handelte.

Zu erleben wie Brayan in seinen Armen zusammenbrach und heulte, entfachte seine lauernde Wut auf diesen Dämon, der sie beide so quälte, nun auch noch ein weiteres Opfer von seinem Geliebten forderte.

Den Schwarzhaarigen nur haltend, strich er ihm durch die wirren Haare, versuchte ihn zu beruhigen. „Wir finden eine Lösung. Es ist genug. Ich will dich nicht mehr allein lassen. Und diese Tode sind wirklich schmerzhaft."

Sein kläglicher Versuch eines Scherzes schlug fehl. Brayan reagierte gar nicht darauf. Also schwieg er, wartete. Geduld war eigentlich eine seiner Stärken doch irgendwann war bei jedem einmal die Grenze erreicht.

Und bei Keli war es so weit. Brayan leiden zu sehen machte ihn rasend. Er sollte ihn schützen, ihn glücklich machen und nicht ständig in größter Not verlassen müssen.

Plötzlich befreite der Schwarzhaarige sich aus seiner Umarmung und rappelte sich auf. „Ich muss hier raus."

Mit diesen Worten war er auch schon durch die Wohnungstür verschwunden.

Mit einiger Mühe kam Keli auf die Beine und stolperte hinter ihm her. Diese neuen Körper waren auch immer wieder eine Herausforderung. Er war eins neunzig gewesen, nun aber gerade einmal eins fünfundsiebzig. Sich zurechtzufinden und alle Gliedmaßen einwandfrei koordinieren zu können hatte stets Stunden bis Tage gedauert.

Er konnte Brayan kaum folgen, sah ihn unten auf der Straße um eine Ecke verschwinden. Bereits nach einigen Metern war Keli gezwungen an einer Seitengasse innezuhalten, sich an der Hauswand abzustützen, um nicht noch durch das heftige Muskelzittern seiner Beine das Gleichgewicht zu verlieren.

„Brayan!", schrie er, wenn er auch nicht daran glaubte, dass dieser ihn überhaupt noch hören konnte.

Dann war es mit einem Mal nicht nur sein Körper, der sich widersetzte und sich nicht seinem Willen unterordnete. Seine Sinne nahmen die Umgebung wahr, ließen ihn sich verwirrt umsehen.

Obwohl es später Abend war, der Himmel längst tiefste Dunkelheit zeigte war es auf der Straße beinahe taghell. So viele Laternen, irritierend flackernde Schriftzüge über Geschäften, unzählige erleuchtete Fenster, grelle Lichter von seltsamen großen Kisten, die ganz ohne Pferde an ihm vorbeirasten, dabei einen furchtbaren Lärm verbreiteten. Hinzu viele Menschen, die trotz der späten Stunde an ihm vorüberhasteten.

Keli wich erschrocken in die weniger beleuchtete Seitenstraße aus, fühlte sich absolut hilflos zwischen all den Eindrücken, die ihn förmlich zu erschlagen drohten.

„Brayan?", flüsterte er, fühlte eine Angst, die er nicht einmal als kleines Kind je so stark zu spüren bekommen hatte. Wikinger waren furchtlos und trotzdem wollte er sich gerade nur noch irgendwo verstecken.

Wie lange war er fort gewesen?

Konnten wirklich nur hundert Jahre vergangen sein?

So viele nicht fassbare Veränderungen konnte die Menschheit doch nicht in diesem Zeitabschnitt hervorgebracht haben.

Eine kalte, kleine, runde Öffnung presste sich in seinen Nacken.

„Rück dein Geld raus oder ich knall dich ab."

Keli hielt den Atem an, während sich seine Augen weiteten. Das war nicht wahr.

„Taub oder was?" Der Mann hinter ihm direkt in sein Ohr. „Kohle her. Sofort!"

„Ich… ich hab kein Geld."

„Du hältst mich wohl für dämlich, Kleine."

Das leise Klicken erkannte Keli sehr wohl schließlich kannte er aus seinen früheren Leben Schusswaffen.

„Ich puste dein Hirn an die Wand, wenn du mir nicht augenblicklich die Kohle gibst. Hübsch oder nicht. Wenn du nicht tust, was ich sage, war's das."

Keli schloss die Augen, fühlte sich absolut verloren. Dieser Zeitsprung war eindeutig zu groß. Hier zählten sein Wikingerstolz, seine Kampferfahrung und sein Mut rein gar nichts mehr. Nach allem was er und Brayan durchgemacht hatten, nach diesem letzten Schock, dass der Dämon gerade Brayans Adoptivtochter als Wirt erwählte mussten sie nun auch noch um ihre drei Wochen fürchten? Verloren sie jetzt selbst diesen winzigen Augenblick?

Ein wahrer Sturm zog an Keli vorbei und die Mündung der Pistole verschwand. Dafür hörte er, wie der Mann noch versuchte aufzuschreien, was jedoch sofort in ein seltsames Gurgeln überging, begleitet von einem bedrohlichen Fauchen und danach folgenden scheppernden Geräuschen.

Schwankend drehte Keli sich um, keuchte heftig und starrte auf die großen Flügel, die wenige Meter entfernt aufragten. Es dauerte einige Herzschläge bis sein vor Schock erstarrtes Hirn endlich die nötige

Information preisgab das Brayan ihm zu Hilfe gekommen war und seinen Angreifer gerade getötet hatte.

Über ihm gebeugt wütete der Schwarzhaarige, ließ seine dämonischen Kräfte handeln, ohne sie zurückzuhalten und ließ kaum noch etwas übrig, was an ein menschliches Wesen denken lassen konnte.

„Brayan. Hör auf." Keli stolperte zu ihm, drängte einen der Schwingen zur Seite und packte seinen Gefährten an den Schultern. „Hör auf."

Irgendwoher erklangen Rufe. Jemand schien doch noch aufmerksam geworden zu sein, dass sich in der Gasse etwas nicht Alltägliches ereignete. Und Keli erkannte, dass das nichts Gutes bedeutete.

„Wir müssen hier weg Brayan. Jetzt gleich."

Glühend rote Augen fixierten ihn kurz. Der Dämonenteil schien noch nicht bereit zu sein, seinen Blutrausch beenden zu wollen. Doch Keli verspürte keinerlei Angst. Er kannte Brayan auch in dieser Gestalt. Er wusste, dass der Schwarzhaarige jedes Mal gewütet hatte, wenn er hatte sterben müssen. Ihm aber würde er niemals etwas tun.

Endlich begann die, so vertraute hellblaue Farbe in den Augen zu dominieren. Eine Hand an Brayans blutverschmierte Wange legend lächelte Keli leicht. „Alles ist gut. Es ist mir nichts passiert. Wir müssen hier nur ganz schnell verschwinden."

Er bückte sich noch nach der Pistole, die in der Blutlache ihres Besitzers lag, dann legte Brayan einen Arm um seine Taille. Die noch mit langen Krallen besetzten Finger kratzten über das Shirt am Bauch und Keli atmete, erleichtert darüber, dass Brayan ansprechbar war, auf. Er spürte den Sog, den er bereits einige Male hatte kennenlernen dürfen und gleich darauf standen sie in einem Zimmer mit großem Bett, weichem Teppich und einem knisternden Feuer in einem Kamin.

„Wo…?"

„Zu Hause", krächzte Brayan, brach schließlich bewusstlos in seinen Armen zusammen.

Keli hatte Brayan aufs Bett gelegt, soweit die noch immer ausgestellten Schwingen dies zuließen, und war dazu übergegangen, nachdem er das angrenzende Bad gefunden hatte, seinen Geliebten mit einem Tuch und lauwarmem Wasser das Blut abzuwaschen.

Zumindest, nachdem er sich endlich aus dem gekachelten Raum hatte losreißen können. Sich Nikas Wissen anzueignen war etwas anderes als das alles mit eigenen Augen zu sehen und mit eigenen Händen anzufassen. Völlig fasziniert hatte Keli die Dusche und Badewanne genauestens untersucht, mit wachsender Begeisterung die Toilettenspülung mehrmals betätigt. Es war noch immer kaum fassbar, wie viel sich in diesem einen Jahrhundert verändert hatte. Wo sollte eine solch rasante Entwicklung noch hinführen?

Wieder bei Brayan schälte er diesen nach und nach aus der vollkommen unbrauchbar gewordenen Kleidung und ließ sie auf den Boden wandern.

Nun lag der Schwarzhaarige nackt vor ihm, so schön und perfekt wie bei ihrer ersten Begegnung. Vorsichtig, als könnte der Schwarzhaarige zerbrechen wie feinstes Glas, glitten seine Fingerspitzen über die warme Haut.

„Du warst damals wie ein Traum. Das Du wirklich mir gehören wolltest war wertvoller als alles Gold der Welt. Nichts hat sich geändert. Ich glaube immer noch ich könnte jeden Moment aufwachen und du wärst lediglich eine Illusion."

Brayan bewegte leicht den Kopf, öffnete jedoch nicht die Augen. Nur die Flügel zogen sich zurück, sodass er sich auf den Rücken drehen konnte. „Lass uns beide träumen mein Wikinger", flüsterte er. „Lass uns unsere Erinnerung genießen, bevor ich dich ansehe und alles zerplatzt wie eine Seifenblase."

Keli verstand sofort. Würde Brayan ihn jetzt ansehen, würde er Nika erblicken, nicht ihn.

„Ich erfülle meinem kleinen Engländer jeden Wunsch." Er legte sich neben Brayan, küsste ihn ganz sanft.

Er hatte in dem Spiegel im Bad gesehen, dass Brayan eine hübsche Tochter hatte, wenn ihm auch deren Kleidungsstil nicht sonderlich zusagte. Zu eng, zu knapp, zu kurz. Aber das konnte auch nur an seinen eigenen altmodischen Ansichten liegen.

Nun in diesem Körper zu stecken machte alles noch schwieriger. So gern Keli Brayan noch viel näher gekommen wäre, so würde das nichts werden.

Er war nun wahrlich nicht passiv veranlagt und Sex als Frau? Dagegen sträubte sich sein ganzes Wesen.

Brayan würde dies mit Sicherheit gar nicht zulassen, schließlich wäre es für ihn, als würde er mit seiner Tochter schlafen.

Das war eine Katastrophe!

Besiegten sie diesmal Shanea, zerstörten sie seine Pläne und siegten über ihn, dann würden sie mit ungeahnten Problemen zu kämpfen haben.

Waren sie stark genug dafür?

Warum immer nur kämpfen?

Für jeden winzigen Funken Glück mussten sie beide so viel opfern.

Seinen wieder eingeschlafenen Gefährten in den Armen haltend spürte Keli die Gedanken rasen, suchte nach Auswegen, nur, um wie all die Male zuvor ins Leere zu laufen.

„Ich brauche Hilfe. Irgendeiner von euch Göttern die ihr irgendwann alle angebetet worden seit müsst uns doch helfen können."

Die Stille war eine Antwort, die ihn erschütterte, wo er doch selbst zur Zeit seines eigentlichen Lebens daran geglaubt hatte, dass es sie gab. Noch dazu wo dieser eine Dämon deutlich zeigte, dass höhere Kräfte existierten.

„Sind wir euch so egal?", rief er. „Habt ihr immer noch nicht genug? Reichen euch tausend Jahre nicht? Wollt ihr Brayan noch mehr leiden sehen? Ich will das aber nicht! Hört endlich auf. Wenn euch seine Wahl der Hilfe nicht gefällt hättet ihr eher handeln müssen. Dann hätte sein Vater mich nicht töten sollen. Verabscheut ihr Liebe so sehr, dass euch jedes Mittel recht ist, zu bestrafen, wenn man es doch tut? Ihr wolltet und ihr wollt verehrt und geachtet werden. Ihr seid alle nicht besser als der Dämon, der sein morbides Spielchen spielt. Jeder Einzelne von euch ist jämmerlich und es nicht wert, beachtet zu werden. Ihr verdient keinen einzigen Anhänger auf diesem Planeten."

Keli schnaubte, schüttelte den Kopf, als sich noch immer nichts veränderte. „Ich verachte euch. Jeden Einzelnen. Ihr seid wertlos wie Sand und eine Schande. Man sollte den Menschen die Augen öffnen. Mal sehen, was dann noch von euch bleibt. Vermutlich gar nichts, nicht einmal Erinnerungen."

Obwohl er absichtlich provozierte, beleidigte, alles riskierte um eine Reaktion zu erhalten kam – Nichts.

Nur das gleichmäßige Atmen des Schwarzhaarigen, dessen Körper selbst im Schlaf ab und an vor Anspannung zitterte.

9. Kapitel

Stunden später hatte Keli seine Gedanken geordnet. Sie lagen nun wie ein ruhiger See vor ihm. Ein sehr tiefer See, wie er feststellen musste. Zu seinen eigenen Erinnerungen an die viel zu wenigen, viel zu knappen Tage mit seinem Geliebten kamen noch die von Nika hinzu.

Und diese hatten es in sich gerade bezüglich Brayan. Obwohl nicht blutsverwandt war ihr Verhältnis sehr eng. Beide liebten sich wie Vater und Tochter. Beide hatten sich gebraucht. Nika Brayan zum Überleben, Brayan Nika um nicht durchzudrehen.

Keli hatte nun Ihr Äußeres, würde den Schwarzhaarigen ständig an die verlorene Tochter erinnern.

Es trieb einen Keil zwischen sie, den sie beide nicht brauchten und wollten.

Shaneas perfides Spiel hatte ihnen nun auch noch die winzigen Momente ihrer vollkommenen Intimitäten genommen. Denn das Brayan nicht mit ihm schlief, wenn er weiterhin in diesem weiblichen Körper steckte, gerade in Nikas Körper steckte war Keli klar. Egal wie sehr er ihn liebte, er würde stets seine Tochter vor sich sehen.

Fast hätte Keli darauf gehofft, diese Wiedergeburt wie die zuvor nicht zu überleben.

„Du bist stärker als ich dachte. Du solltest dir so etwas nicht wünschen."

Keli setzte sich ruckartig auf, griff automatisch neben sich doch da lag kein Schwert. Da hatte seit Jahrhunderten keines mehr gelegen.

Am Fußende des Bettes stand ein schlanker, beinahe androgyn wirkender junger Mann mit kurzen, fast weißen Haaren.

Das wirklich Auffälligste aber war nicht die helle Haut oder die fast türkisen Augen, sondern die schneeweißen, federnden Flügel an seinem Rücken.

Keli schwieg, kniff lediglich die Augen leicht zusammen und musterte sein Gegenüber misstrauisch. Er hatte keine Angst. Wieso auch? Nichts konnte ihn mehr erschüttern, dafür hatte Shanea gründlich gesorgt.

„Ich muss mich zuerst entschuldigen. Bedauerlicherweise war es mein Fehler, der dazu führte, dass ihr dieses Leid ertragen musstet."

Abwartend hob sich eine der geschwungenen Augenbrauen, mehr Reaktion bekam er von Keli nicht.

„Mein Name ist Nathal. Ich bin ein Engel." Vielsagend ließ der Weißblonde seine Flügel leicht schwingen. „Meine Aufgabe ist es Seelen einzufangen, die unerwartet aus dem Leben gerissen wurden. So wie in deinem Fall. Ich geleite sie ins Paradies, wo sie für den Rest der Zeit frei sind."

„Gratuliere", ließ Keli endlich zynisch seine Stimme erklingen. „Ganze Arbeit."

Nathal zuckte zusammen, wirkte ehrlich zerknirscht. „Nein. Ich habe versagt. Wir mussten in einem anderen Teil der Welt einen Krieg überwachen und dort die Seelen sammeln. Ich kam nicht mehr rechtzeitig zu dir. Shanea hat dies ausgenutzt."

„Du kennst diesen Dämon also?"

„Selbstverständlich. Er ist der Dämon des Wahnsinns. Eigentlich gibt er sich nicht mit Menschen ab aber wir gerieten zuvor mehrmals aneinander und wie er mir selbst sagte, wählte er deinen Gefährten, um mir eins auszuwischen."

„Wunderbar." Keli lachte wütend auf. „Wir sind also nichts als Marionetten in eurem Machtkampf. Das beruhigt ungemein. Und es macht ja alles so viel besser."

Nathal seufzte. „Brayan hätte dich damals verloren aber ihr hättet euch im Paradies, oder wie du es nennen würdest, in Walhall wiedergesehen, sehr bald sogar denn ohne dich hätte er nicht lange gelebt."

„Die Zukunft kannst du also auch deuten?"

„In diesem Fall? Ja. Eure Liebe war stark. Sie ist es auch jetzt noch, wenn nicht sogar stärker. Er hatte bereits die kirchlichen Gesetze gebrochen, die so vehement von vielen Menschen verteidigt werden und doch nicht alle unseren Grundregeln entsprechen. Glaubst du, da hätte er sich von Selbstmord abhalten lassen? Nicht alle Götter folgen einer Richtung und es gab ein paar, die eure Verbindung akzeptierten. Euch somit helfen wollten. Ihm wäre dieser Bruch gewährt worden. Für euer Wiedersehen."

„Und nun? Willst du es ungeschehen machen? Diesmal hat Shanea alle Grenzen des Anstands überschritten. Bist du deswegen hier, um dem endlich ein Ende zu setzen? Brayan kann nicht sterben vergiss das nicht. Ohne ihn gehe ich freiwillig nirgendwohin."

„Zeit zurückdrehen können wir nicht. Du musst eine Lösung finden."

Keli schnaubte, schüttelte dann den Kopf. „Was glaubst du, was wir in all der Zeit tun? Däumchen drehen? Wolken betrachten?"

„Finde die Lösung. Ansonsten wird Luzifer selbst gar nicht auf die Erde kommen und die Apokalypse ausrufen müssen. Dann wird allein Brayan schon für den Untergang der Menschheit sorgen."

Die Augen verengend stand Keli auf und baute sich vor Nathal auf. „Hast du zugehört? Wir haben keine Lösung. Wir werden nie eine finden."

Unbeeindruckt von seiner Wut musterte der Engel ihn herablassend. „Stell dich nicht dumm, Mensch. Es gibt eine Lösung."

„Dann sag es einfach. Ich hab genug von Spielen." Noch nie hatte Keli es gemocht, wenn jemand ihn behandelte als wäre er dumm.

„Das darf ich nicht. Es wäre wertlos würde ich es sagen. Ich darf auch nur hier sein weil Shanea für deine Wiedergeburt diesen bestimmten Menschen erwählte. Diese Grausamkeit ist den Göttern nicht entgangen. Hat Brayan dir je den genauen Wortlaut des Deals mit Shanea genannt?"

Keli nickte. Hatten sich diese Worte schließlich wie ein heißes Eisen in sein Hirn gebrannt. „Stirbt dein Geliebter nicht durch fremde Hand, so dürft ihr eure Liebe für die Ewigkeit genießen.", wiederholte er knurrend den Satz, der sie seit Jahrhunderten quälte. "Er wird uns ewig verfolgen und mir nach dem Leben trachten."

„Denk nach. Es geht um diese drei Wochen. Nur um diese Zeitspanne. Dein Todestag damals ist Shaneas Tag des Handelns. Die Lösung ist nah. Sie wird dir die Ewigkeit an seiner Seite garantieren. Und ich kann meinen Fehler beheben, indem ich die junge Frau rette."

In Kelis Kopf rasten die Gedanken. Scheinbar noch mehr Rätsel und noch mehr Chaos. Wie sollte er da auch nur einen winzigen Faden finden, nach dem er greifen konnte?

„Egal wie die Lösung aussieht, Shanea muss Wort halten?", hakte er nach.

„Ja. Er ist an den Deal gebunden, genauso wie Brayan." Nathal lächelte ihn an, wobei er diesmal sogar so was wie Zuversicht ausstrahlte. „Du findest sie. Aber denke immer an die genaue Formulierung der Worte. Es ist eure letzte Chance. Wenn Brayan dem Dunkel seiner Seele nachgibt, wird es keinen Menschen mehr geben der für deine Wiedergeburt zur Verfügung steht. Ihr werdet getrennt sein. Dein Platz im Paradies ist noch frei. Er hat seinen verloren."

„Und Nika kannst du tatsächlich retten? Wie?"

„Das lass meine Sorge sein."

Keli blinzelte als Nathal mit einem Flimmern einfach verschwand. Dann drehte er sich um, blickte zu Brayan, der noch immer Schlief, nichts von dem fremden Besucher mitbekommen hatte.

Dies hier waren ihre letzten drei Wochen. Nicht weil der Dämon die Lust verlor, sondern weil Brayan schlicht und einfach den Verstand verlieren würde.

Sie würden verlieren, tausend Jahre Kampf, Leid und Tränen umsonst durchlitten haben.

Sich neben ihn aufs Bett sinken lassend, küsste er den Schwarzhaarigen auf die Wange, lehnte die Stirn gegen seine.

„Ich finde einen Weg. Und wenn ich die ganzen drei Wochen keine Sekunde schlafen werde. Ich lass dich nicht allein."

10. Kapitel

Den Rest der Nacht hatte Keli nur auf dem Bett gesessen und seinen schlafenden Geliebten im fahlen Licht des Mondes betrachtet. Trotz des Leids, was er mit jedem gewaltsamen Tod erfahren musste, obwohl jedes Wiedersehen mit Brayan viel zu kurz gewesen war, wollte er keine einzige Sekunde, keine einzige seiner Wiedergeburten missen.

Gerade dieser Augenblick, in dem der Schwarzhaarige so unschuldig wirkte, wie bei ihrer ersten Begegnung war jeden Schmerz wert.

Damals so jung und so zart wirkend war er doch verführerisch und stark genug gewesen, ihn problemlos einzufangen.

„Ich liebe dich." Seine Fingerspitzen geisterten über Brayans entspannte Gesichtszüge, die im ersten Schein der Morgensonne so jung wirkten. „Mein Herz gehört dir für alle Ewigkeit. So wie damals wird sich niemals etwas an meinen Gefühlen für dich ändern."

Sich vorbeugend fing er Brayans Lippen ein, küsste ihn sanft und tief, bis er fühlte, wie dieser reagierte, den Kuss ebenso innig erwiderte.

Langsam hoben sich die Lider, hellblaue Augen musterten Keli sekundenlang voller Liebe, bis sich ein Schatten darüber legte. Keli wusste sofort warum und richtete sich wieder auf.

„Hast du irgendwo etwas über Dämonen? Speziell über unseren Freund?" Er wollte Brayan unbedingt davon ablenken allzu intensiv darüber nachzudenken, dass er das Aussehen seiner Adoptivtochter hatte.

„Sicher." Sichtlich erleichtert über diese Ablenkung setzte der Schwarzhaarige sich auf. „Aber über Shanea gibt es keine Aufzeichnungen. Egal wie alt die Schriften sind oder in welcher Sprache sie verfasst wurden. Ich habe alles gesammelt, was es über Dämonen gibt. Er war nie dabei."

Er verschwand im Bad wobei Keli leise aufschnurrte. „Sünde pur", murmelte er, leckte sich über die Lippen. Brayans nackter Körper reizte ihn, ließ seine eigene Lust erwachen.

„Vergiss es", rief der Schwarzhaarige, drückte die Tür ins Schloss.

„Willst du mich nun für alle Zeiten von dir wegstoßen, weil ich bedauerlicherweise im falschen Körper stecke?"

Es kam keine Antwort, jedoch war das Schweigen vollkommen ausreichend um zu zeigen in welcher Zwickmühle Brayan steckte und das dies noch zu ernsthaften Problemen führen konnte, sollten sie es tatsächlich schaffen Shaneas Spiel zu beenden und sich die Worte dieses Engels nicht als Lüge herausstellen.

Um sich von diesen düsteren Gedanken abzulenken, nahm Keli den Faden ihres Gesprächs wieder auf. „Eigentlich nicht überraschend", rief er durch die geschlossene Tür. „Er wird dieses Spiel bestimmt öfter gespielt haben. Hätte auch nur irgendjemand Erfolg gehabt und ihn besiegt, dann doch nicht ohne es schriftlich festzuhalten."

„Beruhigend", brummte Brayan als er aus dem Bad zurückkam. „Das macht einem wirklich große Hoffnung auf ein positives Ende. Mir ist in all der Zeit kein anderer Dämon oder jemand mit ansatzweise dämonischen Kräften begegnet. Wo sollen die also sein?"

„Bei Shanea vielleicht. Oder gleich direkt beim Teufel oder wie immer der sich schimpft selbst. Ich weiß es nicht. Er wird ja nicht jedem gleich die Ewigkeit in Aussicht gestellt haben. Vielleicht suchte auch jemand Ruhm oder Reichtum oder sonst was. Ist auch egal. Wir müssen mehr über ihn herausfinden."

„Keine Chance." Brayan schüttelte den Kopf. „Es gibt nichts. Das Einzige, was mir einfällt, ist dich einzusperren, bis diese drei Wochen vorüber sind. Solange niemand in deine Nähe gelangen kann, kannst du nicht sterben."

Das bezweifelte Keli. Shanea würde mit Sicherheit dafür sorgen, dass jemand ihn töten würde und wenn es nur eine mit Tollwut infizierte Ratte war, die ihn biss.

Eigentlich wollte er Brayan von ihrem nächtlichen Besucher erzählen, doch nun hielt ihn etwas davon ab. Vielleicht waren es diese traurigen blauen Augen, in denen der letzte Funke Hoffnung verdammt hart darum kämpfen musste, nicht zu erlöschen. Vielleicht war es aber auch seine eigene Sorge, dass er die angeblich vorhandene Lösung nicht finden würde, er Brayan so gewaltsam diesen letzten Strohhalm entriss und unwiederbringlich zerbrach.

Der suchte schließlich schon seit tausend Jahren nach einem Weg, wie sollte er in so kurzer Zeit da erfolgreicher sein.

Nein, er wollte ihm keine Hoffnung machen, um diese dann zu zerstören. Er würde schweigen und allein suchen. Solange er nicht wusste, dass es eine Möglichkeit gab, die sie einfach nicht zu erkennen schienen, war alles gut.

„Wo hast du die Schriften?"

Brayan sah ihn überrascht an. „Willst du jetzt schon anfangen zu suchen? Ich hab doch gesagt, es gibt nichts über ihn."

„Sicher. Aber vielleicht gibt es etwas was wir gebrauchen können. Und je früher wir anfangen umso besser."

„Also gut. Komm mit."

Oben in dem Zimmer stand Keli ziemlich überwältigt da, betrachtete all die Sachen, die ihm so vertraut waren.

„Warum hast du das alles aufbewahrt?"

„Erinnerungen an dich. Sie gehören dir, sind Teil deines Lebens oder besser das deiner Wirte. Aber du hast sie alle auch nach deiner Wiedergeburt behalten, also hab ich es nicht übers Herz gebracht, sie wegzuwerfen. Und die Bilder sind meine Erinnerungen. Jede Zeichnung bist du. Ich brauchte das."

Nachdenklich nickend blieb Keli vor der Zeichnung der jungen Frau stehen. „Kann mich nicht erinnern, dass sie so schön war."

„Oh doch."

Entschieden wandte er sich ab, trat zu dem Bücherregal. „Fangen wir an." Doch schon der erste Blick ließ ihn seufzen. „Gibt es irgendeine Aufzeichnung, die ich auch entziffern kann? Auch wenn ich fast überall auf der Welt wiedergeboren wurde, reicht mein Wissen kaum aus, das alles lesen zu können."

Brayan sah ihn kurz verwundert über diesen Eifer an, zog dann einige Bücher hervor. „Damit dürftest du keine Probleme haben."

Obwohl er den Blick durchaus bemerkt hatte, ging Keli nicht darauf ein, schnappte sich nur ein Buch und setzte sich auf den Boden.

Brayan fügte sich. Wenn Keli lesen wollte sollte er das tun. Schließlich waren es seine drei Wochen, die er nur zur Verfügung hatte. Wenn er könnte, würde er sich ja jedem Angreifer in den Weg stellen, jedoch hatte die Vergangenheit gezeigt, dass das nie funktionierte.

Außerdem musste er selbst genug damit kämpfen, in wessen Körper sein Geliebter steckte. Und was lenkte wohl besser von Grübeleien ab als Bücher?

Die andere Möglichkeit fiel schließlich gänzlich weg.

Darüber wollte der Schwarzhaarige gar nicht nachdenken. Nicht solange sie sich darum kümmern mussten, Keli am Leben zu erhalten.

Danach!

Danach konnte er sich den Kopf darüber zerbrechen. Dann konnte er seine Tochter betrauern und versuchen zu lernen, Keli in ihrem Körper bei sich zu haben.

Denn Brayan war klar, dass Nika jetzt vielleicht noch dort drin steckte, irgendwo in diesem Körper. Doch wenn sie es endlich schaffen sollten, Shanea aufzuhalten und zu besiegen, dann würde sie endgültig sterben. Dann würde Keli ihren Körper ganz übernehmen.

Wie Keli sich in dem weiblichen Körper fühlte, sagte er nicht.

Er schien darüber nicht nachzudenken, oder nicht nachdenken zu wollen. Vielleicht aus Angst, zu welchem Ergebnis er sonst kommen könnte.

Damit verbrachten die Beiden die nächsten Tage. Stundenlang lasen sie, Brayan weitete seine Suche nach einer Spur von Shanea dabei auch aufs Internet aus. Sie unterbrachen diese Aktivität lediglich dadurch, dass sie aßen oder schliefen. Letzteres kam dabei jedoch eindeutig zu kurz. Keli weigerte sich einfach, seine kostbare Zeit damit zu verschwenden und Brayan nutzte seine dämonischen Kräfte, um jeden Anflug von Müdigkeit zu verdrängen.

Michael versorgte sie zu jeder Mahlzeit mit Essen, ansonsten hätten sie dies ebenfalls vernachlässigt.

Keli hatte ihn lediglich kurz gemustert und wohl sehr schnell erkannt, dass dieser Mann keinerlei Gefahr für ihn und seiner Beziehung zu Brayan darstellte.

Danach schien er Michael nicht einmal mehr direkt wahrzunehmen.

Und Michael hielt sich zurück, deutlich verwirrt durch die Umstände, eigentlich Nika zu sehen und dabei zu wissen, dass er jemanden vor sich hatte, der im Grunde so alt war wie Brayan selbst.

Er hatte die Geschichte seines Arbeitgebers und Freundes schon gekannt, bevor dieser Nika davon erzählte.

Aber nun Keli wirklich kennenzulernen war noch mal etwas ganz anderes. Ließ ihn deshalb sehr vorsichtig agieren.

Damit war er in seiner früheren, kriminellen Vergangenheit schon, bis auf einmal, gut zurechtgekommen, das würde ihm auch jetzt von Schwierigkeiten fernhalten.

11. Kapitel

„Willst du alle lesen? Himmel wir hocken hier schon fast eine Woche." Brayan warf das nächste Buch auf den Stapel der bereits gelesenen. Das Internet war leider auch erfolglos geblieben.
„Und? Hast du was Besseres vor?" Vielsagend wanderte Kelis Blick in Brayans Schoß, was diesen leise grummeln ließ.
„Ich will nicht mehr.", erklärte Keli dann. „Ich lasse mir nicht länger von einem Dämon meinen Tod bestimmen."
„Glaubst du, ich habe in der ganzen Zeit nur Däumchen gedreht?", giftete Brayan zornig. Er hasste es unvorbereitet angegriffen zu werden, ob nun körperlich oder mit Worten. „Aber irgendwann hat man alle Möglichkeiten ausgeschöpft und steht immer noch vor einer Wand."
„Es ist mein Leben. Meins!" Kelis Ruhe war ausgeschöpft und die Müdigkeit war kaum hilfreich seinen Ärger über Shanea zu unterdrücken. „Ich kämpfe um jede Chance, auch wenn sie noch so klein ist. Ich hab genug davon nur zu warten, auf welche Art er mich wieder töten lassen will."
„Ich weiß, dass es um dein Leben geht. Das vergesse ich nie. Ich weiß, dass ich damals einen Fehler gemacht habe. Entschuldige bitte aber meine Gefühle waren bedauerlicherweise stärker als jegliche Vernunft. Sag es doch! Sag das Ich dich hätte sterben lassen sollen." Brayans Stimme kippte, nur seine Augen zeigten wie aufgewühlt er war. In ihnen tobte ein Sturm, durchbrochen von rot aufblitzenden Punkten die klar zeigten, wie nahe seine dämonische Seite vor einem unkontrollierten Ausbruch stand.
„Du hast die Götter herausgefordert. Ist dir dieser Preis das alles wert gewesen?"
Jetzt sprang der Schwarzhaarige auf, fühlte seine Augen von Tränen brennen, die er aufgrund seiner Gereiztheit nicht sofort wieder niederkämpfen konnte. Jedoch blieb er an der Tür noch einmal stehen, ohne sich noch einmal umzudrehen. „Du bist es wert. Ich würde trotz meines Wissens einen solchen Deal wieder eingehen, wenn auch zu anderen Bedingungen", flüsterte er. „Du bist mir wichtig. Du bist alles was ich je haben will. Das deine Gefühle nicht so stark sind tut weh aber damit muss ich wohl leben."
„Du verdrehst mir die Worte im Mund." Keli stand nun auch auf. „Ich liebe dich. Aber ich will nicht länger von irgendwem der Spielball sein. Denn damit verletzt Shanea vor allem dich und das muss ein Ende haben."
Er trat hinter Brayan, packte ihn an den Schultern und drehte ihn zu sich herum. Sanft strich er ihm die Tränen von den Wangen.
„Alles was ich will, bist du. Aber drei Wochen sind nicht genug. Ich will die versprochene Ewigkeit zusammen mit dir. Und ich will diesen Dämon aus unserer beider Leben raushaben."

Brayan sah ihn lange nur an, bis er schließlich gegen Keli sackte und dieser ihn umarmte.

„Genug ist genug", hauchte ihm Keli ins Ohr. „Vor allem wenn er dir noch einen geliebten Menschen fortreißt."

Sie entschlossen sich, ihrer Suche eine Pause zu gönnen und stattdessen die Essensvorräte aufzufüllen. Auch wenn Michael sich bestens darum kümmerte, hielt Brayan diese Art der Abwechslung für gut, konnte er Keli doch so einiges dieser neuen, für den Wikinger fremden Welt zeigen.

Dieser Plan sorgte dann bereits beim Einsteigen in Brayans Auto dafür, dass sich dessen Laune erheblich anhob.

Keli nämlich stand vor der dunkelblauen Limousine und macht ein Gesicht als warte er auf einen plötzlichen Angriff. Dazu kam noch, dass er sich aus Nikas älteren Kleidungsstücken Sachen herausgesucht hatte, die seine Tochter im Leben nicht mehr angezogen hätte.

Sie mochte kurze Röcke und Tops, selbst im Winter war sie nur selten mal wirklich warm aussehend gekleidet gewesen, trug höchstens noch einen Mantel. Nika hatte es so gemocht und sich wohlgefühlt und sie hatte die passende Figur dafür.

Nun trug Keli eine einfache Jeans, auch wenn er diese für Mädchen unpassend hielt und einen dicken Wollpullover. Dazu eine dicke Daunenjacke. Das Aussehen war wahrlich verwirrend, wenn man es so anders gewöhnt war.

„Der Wagen wird sich nicht rühren, solange ich den Schlüssel in der Hand halte und er nicht im Schloss steckt. Steig schon ein." Damit wies er zur Beifahrertür und öffnete das Garagentor.

Herumwirbelnd starrte Kel mit weit aufgerissenen Augen auf das ratternde Metall, das sich langsam aber stetig an der Aufhängung unter der Decke aufrollte, den Blick auf die Straße freigab.

Nur mit Mühe konnte Brayan ein Lachen zurückhalten. „Steig bitte endlich ein."

Mit misstrauisch zusammengekniffenen Augen wagte Keli sich näher an das Auto bei dem Brayan vorsorglich bereits die Beifahrertür geöffnet hatte.

„Hinsetzen und anschnallen", kommandierte der Schwarzhaarige und setzte sich hinters Steuer.

Kelis Verhalten war zwar lustig, zeigte aber auch sehr deutlich, wie selbstverständlich er diese ganzen Veränderungen in all den Jahren hingenommen hatte, während sein Geliebter sie gerade wie ein Eimer kaltes Wasser über den Kopf ausgeschüttet bekam.

Eine riesige Kluft bei der nicht einmal sicher war ob sie beide je Zeit haben würden sie zu überwinden.

Entschieden verdrängte Brayan diese düsteren Gedanken und atmete tief durch. „Keli."

„Ein Pferd wäre mir lieber."

„Komm schon. Das Auto beißt nicht und es ist wesentlich bequemer als ein Pferd. Steig endlich ein."

Endlich sank Keli auf den Sitz neben ihm. Brayan beugte sich an ihm vorbei und zog die Tür zu. Dann griff er nach dem Sicherheitsgurt, zog ihn über ihn und drückte den Riegel in die Halterung.

„Spring mir nicht gleich durchs Dach. Ich starte jetzt den Motor."

Trotz der Warnung sah Keli danach aus als wollte er direkt durch die Windschutzscheibe flüchten, als der Motor aufbrummte.

„Atmen nicht vergessen", erinnerte Brayan schmunzelnd, lenkte den Wagen aus der Garage und ließ das Tor wieder hinabsinken.

In den nächsten Minuten saß Keli stocksteif auf dem Sitz, wobei sich die Hände in den Hosenstoff an seinen Knien klammerten wie an einen Rettungsring. Starr blickte er auf die Straße vor ihnen und atmete flach und hektisch.

Erst langsam schien sich diese Anspannung zu lösen, nachdem er registrierte, dass nichts passierte, sie ruhig der Straßenführung folgten. Auch seine Augen wanderten merklich hin und her, beobachteten die Leute auf den Bürgersteigen.

„So viele", krächzte er schließlich.

„Jepp. Und es werden täglich mehr. Gegen damals ist die Welt längst überbevölkert. Und alle scheinen nur noch durch den Tag zu hetzen. Ich wünsche mir oft die alten Zeiten zurück. Natürlich mit einigen Annehmlichkeiten von heute." Brayan lächelte ihn kurz an. „Einigen Luxus kann man wahrlich gut gebrauchen."

Keli nickte sofort, dachte an das geräumige Haus, in dem es ständig angenehm warm war, Licht ohne gefährliche Fackeln oder Kerzen und an das komfortable Badezimmer.

„Nika kennt das alles hier. Kannst du dir ihr Wissen nicht zunutze machen?"

„Ich habe die Erinnerungen daran aber das sind nicht meine. Für mich ist das neu und beunruhigend."

Brayan lenkte den Wagen auf einen großen Parkplatz, fand eine freie Stelle, nahe des Eingangs zum Geschäft, in dem sie genügend Auswahl an Lebensmitteln haben würden. Den Motor abschaltend half er Keli beim Lösen des Sicherheitsgurtes.

„Folge mir einfach und sieh dir alles an."

Das war leichter gesagt als getan, denn bereits beim Holen eines Einkaufswagens blieb Keli stehen und musterte die rollenden Metallkörbe mit skeptischem Blick.

„Da kommen alle Sachen rein die wir brauchen. Komm schon."

Die ersten Regale im Geschäft ließen seine Augen groß werden. „Was ist das alles?"

„Lebensmittel. Dinge, die man essen kann." Zielstrebig begann Brayan die Reihe abzulaufen, um ihre Vorräte aufzufüllen.

Keli schüttelte immer wieder den Kopf. Mal hielt er ein Glas Honig in Händen, verstand nicht, warum man das in solch einen Behälter füllen musste. Oder er betrachtete die Bananen in der Obstabteilung, nicht glauben könnend, dass man tatsächlich so etwas essen konnte. Bei dem Brot kam er nicht dahinter, warum es so viele verschiedene Sorten gab und die Fertigprodukte in den Tiefkühltruhen gefielen ihm sichtbar überhaupt nicht.

„Irgendwelche Vorlieben beim Fleisch?", fragte Brayan und reihte sich in der Schlange an der Frischetheke ein.

„Rind vielleicht. Ich weiß nicht." Keli war mit all den Eindrücken überfordert. Vor allem diese Mengen machten ihm Probleme. In seinem Dorf hatte es Rind oder Schwein nur an Festtagen gegeben, ansonsten bestand der Fleischanteil aus Huhn oder Fisch. Hier aber lag Fleisch von mindestens zwanzig Rindern vor ihm. Viel zu viel. Wer sollte das alles essen?

„Erinnere dich, wie viele Menschen auf der Straße waren. Jeder möchte essen und heutzutage ist es alltäglich, dass es auch immer Fleisch gibt."

Aufseufzend nickte er. „Ich weiß nicht, ob ich das alles lernen kann."

„Klar doch. Man gewöhnt sich schnell daran. Zu schnell vielleicht. Man hält es für selbstverständlich und fordert es unablässig. Wenn du möchtest, lassen wir es langsamer angehen und kochen das, was du haben möchtest. Ich kann durchaus noch einfachen Haferbrei kochen oder Brot selber backen."

Dieses Angebot schien Keli zu beruhigen. Auch er kannte einige einfache Kochrezepte und er war gern bereit diesbezüglich in vertraute Gewässer zurückzukehren.

Nachdem sie zu den bereits gesammelten Dingen noch einige Steaks, ein großes Stück Schinken und zwei Hähnchen im Wagen hatten, lenkte Brayan seinen Geliebten zur Kasse.

„Hier wird alles was wir eingesammelt haben bezahlt."

„Musst du dafür handeln?"

„Nein. Die Preise sind festgelegt. Fällt dir noch was ein, was du möchtest?"

„Jetzt? Hier? Nein. Das ist alles so viel, das ich fast glaube nie wieder klar denken zu können."

Die Kasse selbst sorgte dann für den letzten Schock des Tages, denn mit dieser Technik kam Keli absolut nicht zurecht.

Brayan zog seine EC-Karte durch das Lesegerät, ließ den Betrag von seinem Konto abbuchen und schob den wieder beladenen Einkaufswagen zum Ausgang.

„Du siehst, was dir für ein Abenteuer bevorsteht wenn wir diese Wochen wirklich überstehen. Würde bestimmt spannend werden, dir alles zu zeigen."

Diesen Hinweis verstand Keli durchaus aber er nickte nur, ließ sich nicht dazu verleiten, dem Schwarzhaarigen irgendetwas zu verraten, vor allem bezüglich seiner Verbissenheit, Brayans gesamte Büchersammlung so akribisch zu durchforsten. Zuvor war er schließlich auch nicht so hartnäckig gewesen. Doch so gern Keli das wollte, es war vor allem wichtig Brayan zu schützen, denn er traute Shanea nicht auf einen Millimeter.

Zurück im Haus fiel die Anspannung sichtlich von Keli ab. Sie verbrachten angenehme Stunden damit zu kochen und gemeinsam mit Michael zu essen, bevor dieser zu seiner wöchentlichen Pokerrunde aufbrach. Sie genossen die so kostbar gewordene Nähe des anderen ohne mehr zu tun als das Keli Brayan in seinen Armen hielt.

Damals war er stolz gewesen, ihn gefunden zu haben. Er war sich absolut sicher, dass Brayan ihm überallhin gefolgt wäre, seiner eigenen Heimat den Rücken gekehrt hätte. Wie selbstverständlich hatte er ihn als sein angesehen.

Das war nun anders. Nichts war selbstverständlich. Ihre Liebe war so kostbar wie ein Diamant und gleichzeitig so zerbrechlich wie Glas. Genau das zerstörte der Dämon immer wieder auf grausame Weise, nur damit sie es hundert Jahre später erneut mühsam zusammensetzen mussten.

Jetzt kam es Keli wie ein Wunder vor, dass sie sich trotz allem ihre Gefühle zueinander bewahren konnten und er sah Brayan längst als Geschenk, nicht als Eigentum.

12. Kapitel

Sie kämpften sich am nächsten Tag weiter Buchreihe für Buchreihe durch das Regal, ohne auch nur den Hauch eines Erfolgs zu erreichen.

Beide waren frustriert.

Keli allein durch seinen Charakter da er zuvor außerordentlich selten damit konfrontiert worden war, etwas nicht zu bekommen.

Und Brayan weil er mit einem neuen Problem kämpfen musste was seiner Seele und seinen Sehnsüchten absolut nicht guttat.

Wieder musste er seinen Freund im neuen Aussehen finden. Diesmal ein sowieso vertrautes Gesicht vor sich zu haben, das dazugehörige Wesen in und auswendig zu kennen machte es alles andere als leichter. Nika war nicht mehr da und stand dennoch ständig vor ihm.

So langsam fragte der Schwarzhaarige sich wirklich, wie viel noch passieren musste, bis er endgültig den Verstand verlor.

Früher konnten sie sich durch Sex ablenken. Sich so ihrer gegenseitigen Gefühle absichern und ihre Ängste bekämpfen. Nun ging nicht einmal mehr das.

„Nichts." Wütend warf Keli schließlich das letzte Buch zur Seite. „Das darf nicht wahr sein."

Seine vor Erschöpfung und Überanstrengung geröteten, brennenden Augen reibend spürte er Brayans Blick.

„Sieh mich nicht so an", blaffte er. „Ich weiß du hast gesagt es steht nichts drin. Aber hoffen durfte man doch."

„Sicher."

Keli konnte allein in diesem einen Wort hören, dass er seinen Geliebten gerade mit seinem Ausbruch verletzt hatte.

„Tut mir leid."

Brayan seufzte. „Du bist müde. Schlaf ein paar Stunden. Wir sind fertig mit den Aufzeichnungen. Wir könnten vielleicht endlich genießen, dass du hier bist."

„Ach? Auf einmal doch? Vergessen, wessen Körper dieser Dämon für mich ausgewählt hat?" Keli presste die Lippen zusammen, konnte aber die Worte nicht zurücknehmen. Er schien tatsächlich mehr als übermüdet zu sein, dass er gerade so angriffslustig war. Vergessen war der ruhige, friedliche Vorabend.

Die hellen blauen Augen sagten ihm genau das als Brayan ihn schweigend ansah, schließlich aufstand und einfach den Raum verließ.

Keli schloss die Augen, stöhnte wegen der Wut über sein Versagen. Warum musste er deshalb gerade Brayan so behandeln? Er war der Letzte, den irgendeine Schuld betraf.

Er stand ebenfalls auf und ging ins Schlafzimmer. Wo immer Brayan auch hingegangen war besser sie redeten erst wieder miteinander, wenn er ausgeschlafen hatte.

Erst am nächsten Morgen schälte Keli sich wieder unter der Bettdecke hervor. Nach einer heißen Dusche, ein Luxus dieser Zeit, den er sehr genoss, auch wenn er sich beeilte, um den fremden Körper nicht allzu intensiv zu berühren, machte er sich auf die Suche nach Brayan der es scheinbar vorgezogen hatte, die Nacht nicht in seiner Nähe zu verbringen.

Kein gutes Zeichen, wie er fand.

Erst nach einigem Herumgelaufe im Haus und mit Michaels Hilfe, wobei er dessen ziemlich feindseligen Blick einfach ignorierte, fand er den Schwarzhaarigen an der Hintertür zum Garten, wo er auf den Steinstufen saß.

„Hey."

Kurz huschten die blauen Augen in seine Richtung, wandten sich jedoch genauso schnell wieder ab.

„Du hattest recht gestern. Ich war vollkommen übermüdet. Es tut mir leid was ich gesagt habe."

Brayan nickte bloß schwieg aber weiterhin.

„Ich möchte dich nicht verletzen. Niemals."

Der Schwarzhaarige seufzte auf, doch zumindest setzte er zum sprechen an. „Warum diese besessene Suche nach einer Lösung? Ich suche seit tausend Jahren danach. Wieso musst du sie unbedingt jetzt finden?"

„Vielleicht will ich dich nicht noch einmal allein lassen", wich Keli aus. „Vielleicht möchte ich endlich mit dir zusammen sein ohne diesen begrenzten Zeitraum."

Das Misstrauen in Brayans Blick war mehr als deutlich sichtbar. „Das ist alles?"

„Reicht das nicht? Ich möchte dich beschützen. Ich will dir Halt geben. Stattdessen läuft es genau anders herum. Nichts was mir gefällt. Erinnere dich, wo ich herkomme. Wikinger sind stark und furchtlos."

"Im Moment bist du weder ein Wikinger noch ein Beschützer. Vergiss das nicht."

"Darüber mache ich mir Gedanken, wenn es an der Zeit ist", wich Keli aus. "Ein Mann beschützt seine Familie. Ich fühle mich absolut hilflos, keine Kontrolle mehr über mein Leben zu haben und dich dafür mit all dem belasten zu müssen."

Jetzt musste Brayan amüsiert schnauben. „Was bin ich? Kein Mann?"

Sich vorbeugend strich Keli ihm über die Wange. „Du bist mein Gefährte und du verdienst es, dass ich endlich meinen Platz wieder einnehme." Er küsste ihn kurz. „Ich weiß, dass deine Stärke lediglich aus der Verzweiflung geboren wurde. Das bist nicht du Brayan. Und genau das will ich wieder zurechtrücken."

Erleichtert spürte er wie sein Geliebter sich gegen ihn fallen ließ, seine Umarmung annahm. Wie konnte er ihm denn sagen, dass dieses Mal ihre Zweisamkeit, sollten sie versagen, endgültig das letzte Mal sein würde?

Unglücklich war Brayan lange genug gewesen. Für solch eine Hiobsbotschaft war dieser Moment einfach zu kostbar.

„Würdest du mir ein Gefallen tun?", fragte er nach einigen Minuten leise.

„Klar. Was immer du willst."

„Du hast mir einmal erzählt, dass du innerhalb eines Herzschlags an jeden Ort der Welt kommst durch die Kräfte, die Shanea dir gegeben hat. Ich möchte gern einige Plätze wiedersehen."

Brayan hob den Kopf, runzelte leicht die Stirn. „Wohin willst du?"

„Eine Reise überall dorthin, wo ich zuvor sterben musste. Vielleicht fällt mir da ja ein, wie wir dieses elende Spiel beenden können."

„Das…" Brayan hatte deutlich Schwierigkeiten diese Bitte zu verstehen. „Du willst all diese Erinnerungen wieder aufleben lassen? Hältst du das wirklich für eine gute Idee?"

„Es ist eine Möglichkeit. Außerdem muss ich nichts aufleben lassen. Für mich liegen die Zeiträume zwischen meinen Toden nicht allzu weit auseinander. Die Erinnerungen sind alle noch sehr lebendig."

Langsam nickend richtete Brayan sich auf. „Stimmt. Für dich liegen nur jeweils drei Wochen dazwischen, nicht hundert Jahre." Er seufzte. „Also schön. Wo willst du anfangen?"

„Am Anfang denke ich. Also England, deine Burg."

Das Auflachen seines Geliebten irritierte ihn, vor allem weil es alles andere als begeistert klang. Fragend sah er ihn an.

„Es ist nichts", winkte der Schwarzhaarige ab. „Es ist jedoch nicht allzu lange her, dass ich dort war. Und zwei Besuche so schnell hintereinander, wo ich zuvor Hunderte von Jahren einen weiten Bogen um diesen Ort gemacht habe verbirgt doch eine gewisse Ironie. Man kann seiner Vergangenheit einfach nicht davonlaufen. Sie holt einen früher oder später wieder ein."

Oh ja. Jetzt fiel es Keli wieder ein. Nikas Erinnerungen. Darunter waren auch welche von Brayans Heimat.

„Wann willst du los?"

„Jetzt gleich, wenn's möglich ist."

„Kein Problem." Brayan erhob sich, zog Keli ebenfalls auf die Füße. „Festhalten", informierte er, bevor er einen Arm um seine Taille legte.

Gleich darauf fühlte Keli die Welt um sich herum in einem Strudel versinken, nur damit sie sich wenige Sekunden später wieder um ihn wie ein Puzzle zusammensetzte.

Sie standen dicht an einer Klippe, hörten die Brandung unter sich gegen die Felsen donnern.

So sehr Keli es auch versuchte, nichts in seinem Blickfeld erinnerte noch an die Bilder, die er in seinem Kopf hatte.

Wissend musterte Brayan ihn. „Es hat sich vieles verändert. Ich bin sogar froh drum. Es mindert den Schmerz zumindest ein klein wenig."

Nachdenklich lief Keli herum, ließ die Vergangenheit wieder erwachen, versuchte mit diesem Wissen seine Gedanken auf die richtige Spur zu lenken.

Vergebens. Es wollte ihm nichts einfallen was auch nur entfernt hilfreich sein könnte um Shaneas Pläne zu durchkreuzen.

Wie stoppte man einen Dämon, der alle nur denkbaren Möglichkeiten hatte, einen zu töten. Der mit Sicherheit auch noch Arten kannte, die ihnen vollkommen unbekannt waren?

Und so wechselten sie die Orte und Kontinente. Alles sah anders aus, selbst der letzte Platz, das Bergwerk war kaum noch zu erkennen. Lediglich sein Wissen ließ Keli erahnen, wo sich überhaupt der Eingang des Stollens befand.

Seine Frustration wuchs ebenso wie sein Ärger über Nathals kryptische Andeutungen die für mehr Kopfschmerzen sorgten als das Sie hilfreich waren.

Zusätzlich musste er beobachten, wie Brayan mit jedem Ortswechsel mehr litt, auch wenn er verbissen versuchte, dies nicht zu zeigen.

Keli konnte sich denken warum. Er hatte diese grausamen Momente verlassen, sobald er gestorben war. Brayan dagegen hatte bleiben müssen, hatte sein Sterben jedes Mal ertragen müssen, mit dem Schmerz zurechtkommen müssen.

Er musste das endlich beenden. Er musste die einzige Möglichkeit finden, dieses Leid zu durchbrechen. Für Brayan und für das Glück, was dieser sich wahrlich verdient hatte, was sie beide sich verdient hatten.

Zu wissen, wie stark ihre Liebe zueinander tatsächlich war, war kaum fassbar und doch so erschreckend. Das durfte nicht alles einfach enden, vor allem nicht in der düsteren Version die Nathal bei Kelis Versagen prophezeit hatte.

13. Kapitel

Der Tag war vorübergezogen. Sie waren durch die Welt gereist in einer Geschwindigkeit, die nicht einmal das schnellste Flugzeug je schaffen konnte.

Nun saß Keli im Wohnzimmer vor dem Kamin und starrte in die Flammen, während Brayan in der Küche versuchte, aus den vorhandenen Resten etwas Essbares zusammenzustellen.

Michael hatte er freigegeben. Er wollte nicht, dass er und Keli doch noch aneinandergerieten. Und das würden sie, denn egal wie alt er selbst war, Michael führte sich ab und zu auf, als müsste er ihn wie einen Sohn beschützen.

Lächerlich, angesichts der Tatsache, welche Kräfte in ihm ruhten. Aber den Guten davon abzuhalten war ebenfalls unmöglich.

Da war eine Woche Zwangsurlaub die bessere Wahl, danach konnte Brayan dann sehen, wie sie miteinander zurechtkommen sollten.

Keli dagegen grübelte wieder.

Warum war das Finden einer Lösung nur so schwer?

Was übersah er die ganze Zeit über?

Oder klammerte er sich so stark an die Hoffnung, dass dieser Engel ihnen tatsächlich helfen wollte, dass er die Möglichkeit weit von sich schob, von diesem ebenso betrogen zu werden wie Brayan von Shanea?

„Du grübelst schon wieder." Brayan setzte sich neben ihn auf den Boden, stellte einen Teller mit einfachen Häppchen zwischen sie. „Alles, was ich finden konnte", erklärte er entschuldigend.

„Willst du mir nicht sagen, was los ist? Langsam macht mir dein Verhalten nämlich Angst. So warst du noch nie. Alles findet sich früher oder später. Jedes Problem braucht seine Zeit, um gelöst zu werden. Das sind deine eigenen Worte Keli."

„Hör auf zu fragen. Ich werde es nicht sagen." Schon wieder klang seine Stimme ablehnend und vibrierte vor Wut, obwohl diese sich gar nicht gegen den Schwarzhaarigen richtete. Warum hielt er nicht einfach den Mund, statt Brayan wieder zu verletzen?

„Hab ich irgendetwas falsch gemacht?" In den blauen Augen lag eine ganz andere, viel bedeutendere Frage die Keli viel mehr Angst machte.

„Nein. Du hast nichts falsch gemacht, ganz bestimmt nicht. Ich liebe dich. Ich liebe dich, wie ich nie jemanden geliebt habe, wie ich nie jemanden lieben werde. Aber ich kann dir nicht sagen was mich beschäftigt, weil ich dich schützen muss. Du bedeutest mir alles Brayan. Und wenn ich mit dir rede dann wird Shanea dir noch mehr weh tun, als er es schon getan hat. Ich gebe diesem Mistkerl nicht eine Chance mehr dich leiden zu lassen."

„Ich kann mich selbst sehr gut verteidigen vergiss das nicht. Ich bin gegen diesen Dämon besser geschützt als du. Was immer dich beschäftigt, zusammen finden wir sicher schneller einen Weg."

„Nein!" Er sprang verzweifelt auf, wollte die Gedanken an die Folgen bei seinem Versagen nicht haben, die sich so hartnäckig nach vorn drängten. „Hör auf!"

Damit stürmte er aus dem Raum, ließ einen völlig irritierten und verzweifelten Mann zurück.

Brayan stand im Wohnzimmer am Fenster, hörte das Zuschlagen der Schlafzimmertür.

Er verstand Kelis Besessenheit nicht. Sicher, auch er wollte das alles beenden, wollte nicht mehr hundert Jahre warten, um ihn dann für drei Wochen bei sich zu haben. Aber warum war es ihm gerade jetzt so wichtig?

Vor allem, dass es gerade Nikas Körper war, der von Shanea gewählt worden war ließ in Brayan immer wieder den Wunsch aufkommen, dass sie warten sollten. Keli mit Nikas Gestalt war nichts was er problemlos verkraftete auch jetzt noch nicht. Sie würden genau damit zurechtkommen müssen. Würde Keli das wirklich schaffen? Dieser impulsive, wilde Wikinger im Körper einer Frau?

Das bezweifelte Brayan.

Würde er das schaffen?

Was wären denn weitere hundert Jahre um dieses Drama zu verhindern?

So sehr es wehtat Keli zu verlieren. Sein Herz jedes Mal zerrissen wurde, es wäre nichts gegen das Leid, was sie bei einem möglichen Erfolg dann für die Ewigkeit ertragen müssten.

Ein helles Licht hüllte plötzlich den gesamten Raum ein, blendete Brayan, sodass er die Augen schließen musste.

„Hallo. Wollt doch mal sehen, wie es dir geht."

Allein die Stimme ließ den Schwarzhaarigen vor Zorn zittern. „Shanea", zischte er. „Wie es mir geht? Hervorragend! Vor allem nach deinem letzten Clou."

Der Dämon lachte vergnügt, absolut nicht beeindruckt von dem Sarkasmus der in Brayans Stimme mitschwang. „Ich wusste doch es würde dir gefallen. Ich wollte sehen, ob du dich nicht ein wenig mehr anstrengst, wenn du mit einem Schlag nicht nur deinen Geliebten, sondern auch noch deine Tochter retten musst. Naja, die hast du ja im Grunde bereits verloren. Und dein Versagen steht ja eigentlich schon fest. Du bist keinen Schritt weiter als all die Male zuvor."

„Scheusal!"

Shanea wurde schlagartig ernst ohne auf Brayans deutlich sichtbaren Hass einzugehen, trat näher auf ihn zu. „Ihr hattet Besuch", knurrte er. „Deshalb bin ich hier. Ich lass mir nicht gern in mein Spiel pfuschen. Was wollte er?"

„Wer?", fragte der Schwarzhaarige irritiert. „Hier ist niemand außer Keli. Und Michael wohnt hier."

Blitzschnell schoss Shaneas Hand vor und seine zu Klauen verkrampften Hände umschlossen Brayans Hals, drückten ihm die Luft ab.

Auch wenn er nicht sterben konnte, jeder seiner früheren Versuche seiner Einsamkeit ein vorzeitiges Ende zu setzen waren schmerzhaft gewesen. Auch jetzt reagierte sein Körper mit der Panik eines Menschen der kurz davor stand seinen letzten Herzschlag zu spüren. Er klammerte sich an Shaneas Handgelenk, versuchte den Griff durch Zerren und Ziehen zu lockern, während er qualvoll nach Luft japste.

„Lüg mich nicht an. Was hat er euch erzählt? Wenn er euch verraten hat, wie ihr mein Spiel beenden könnt, ist unser Deal hinfällig. Du verlierst deinen Wikinger und ich lasse dich für diesen Betrug in Luzifers Höllenfeuer brennen."

Brayan sah mittlerweile Sterne vor seinen Augen. Gleichzeitig erwachten seine dämonischen Kräfte, um ihn zu schützen. Seine Flügel erschienen mit einem ohrenbetäubenden Knall und seine Fingernägel verformten sich zu langen Krallen, die Shaneas Haut aufrissen.

Endlich lockerte dieser den Griff und Brayan stürzte röchelnd zu Boden.

Doch die Kräfte peitschten durch seine Adern, ließen seine Schwäche augenblicklich verschwinden. Mit einem Aufschrei sprang er auf und direkt auf Shanea zu, nutzte dessen Überraschung um ihn bis zur gegenüberliegenden Wand zu drängen und schlug ihm die Krallen ins Gesicht.

„Glaub nicht, du könntest mit mir umspringen wie mit einem gewöhnlichen Sterblichen. Ich wehre mich. Hier war niemand!"

Der Dämon hielt nichts von Brayans Aufmüpfigkeit, schleuderte ihn lässig von sich, sodass dieser krachend mit dem Couchtisch zu Boden ging.

Gleich darauf spürte der Schwarzhaarige ein heißes Brennen in seinem Kopf, brüllte vor Schmerz auf. Shanea drang mit seinen geistigen Kräften in sein Hirn ein, durchwühlte rücksichtslos seine Gedanken als hätte er lediglich eine Kiste voller Plunder vor sich. Wütend zischend zog er sich zurück. „Er hat mit deinem Geliebten gesprochen. Du weißt tatsächlich nichts."

Brayan lag keuchend auf dem Rücken. Sein Körper zuckte und zitterte und sein Kopf dröhnte. Er verstand kaum was Shanea sagte, sah aus den Augenwinkeln jedoch Keli mit, vor entsetzten geweiteten Augen an der Tür stehen.

„Verschwinde", krächzte er hilflos. Wenn der Dämon jetzt auf ihn losging, könnte er ihm nicht helfen. Selbst seine eigenen übernatürlichen Kräfte schienen gerade außer Gefecht gesetzt zu sein. Und Keli war immer noch ein Mensch. Ein einziger Schlag des Dämons würde ihn töten.

Genau das wollte Brayan nicht riskieren. Sie hatten noch Zeit und diese sollten nicht wegen eines tobenden Höllenboten frühzeitig abgebrochen werden.

Shanea wandte sich zu Keli um, lächelte leicht. Als dieser zurückweichen wollte, griff er ihn ebenfalls an, um diesmal in seinen Geist einzudringen.

Brayan kam taumelnd auf die Beine, stürzte sich auf den Dämon. Seine Krallen gruben sich in dessen Arm, rissen an seinen Flügeln doch Shanea warf ihn mit einer weiteren lässigen Bewegung der Schulter von sich. Mit der anderen Hand packte er Keli an der Kehle, starrte in seine Augen. Dass Keli würgte und abgehackt schrie interessierte ihn nicht.

Sein Griff lockerte sich, während er dessen Erinnerungen grob durchwühlte.

Keli glaubte, von innen her zu verbrennen. Das war schlimmer als das Feuer des Scheiterhaufens. Seine Schreie wandelten sich zu einem kläglichen Wimmern und er sackte zu Boden, fühlte seine Sinne schwinden.

„Dieser Mistkerl." Shanea wandte sich von Keli ab, hielt einen erneuten Angriff Brayans genervt knurrend ab, indem er ihm kurzerhand das Handgelenk und den Unterarm brach.

„Köder ausgelegt ja. Aber die Regeln gebrochen hat er nicht. Ich hasse diesen Engel. Er muss sich immer einmischen und mir den Spaß verderben."

Kühl musterte er Brayan, der zwischen Schmerz und Wut stand und dessen dämonische Kräfte gerade versuchten die letzten Reserven aus seinem Körper zu holen für eine weitere Attacke.

„Vergiss es. Du kannst zwar nicht sterben aber es tut trotzdem weh, wenn ich dir immer wieder das Genick breche."

„Du brichst deine eigenen Regeln", herrschte der Schwarzhaarige ihn an, hielt sich jedoch außer Reichweite.

„Falsch. Dein Gefährte ist nicht tot. Nur ein wenig erschöpft. Hart im Nehmen dein Wikinger. Selbst in diesem Körper."

„Warum? Warum greifst du ihn an?"

Shanea hob eine Augenbraue, lächelte dann fast unschuldig. „Er hat dir rein gar nichts gesagt? Oh armer Brayan. So viel Liebe von dir und so wenig Vertrauen von ihm. Kämpfst du tatsächlich um das Herz des Richtigen?"

„Bis in alle Ewigkeit", flüsterte Brayan ohne zu zögern.

„Eure Gefühle sind so jämmerlich. Ich muss zugeben du überrascht mich. In all den Jahrhunderten haben meine Kräfte in dir diese Gefühle nicht auslöschen können." Er sah noch einmal zu Keli, der keuchend am Boden kauerte und verbissen gegen die lauernde Ohnmacht ankämpfte.

„Vielleicht schafft es ja sein Verrat. Dein Gefährte lässt sich nämlich mit anderen Mächten ein. Und diese können ihn nicht einmal retten." Laut auflachend verschwand Shanea dann einfach, ließ einen ziemlich aufgewühlten Brayan zurück, dessen Blick sich nun mühsam beherrscht auf Keli richtete.

„Was hast du mir verschwiegen? Von wem hat Shanea gesprochen?" Seine Stimme wurde immer lauter so wie seine Wut über Kelis Schweigen stetig anstieg. Er schüttelte seinen Arm, bis die Knochen wieder ihre Grundposition einnahmen und innerhalb von einem Wimpernschlag heilten. Dann drehte er seinen anderen Arm bis sein Schultergelenk mit einem schmerzhaften Knacken wieder eingerenkt war.

„Es scheint genau das Richtige gewesen zu sein, dass ich nichts gesagt habe. Nathal muss gerade dafür gesorgt haben, dass ich vor diesem Angriff geschützt war", krächzte Keli, hustete dann heftig.

„Wer ist Nathal?", brüllte Brayan, packte Keli an den Schultern und sah ihn mit rot brennenden Augen an, hielt seine wieder lodernden dämonischen Kräfte nicht zurück.

Keli spürte, wie die Krallen sich durch das Hemd in seine Haut gruben, wich dem Blick jedoch nicht aus. „Nathal ist ein Engel. Er sollte meine Seele damals holen, bevor Shanea sich eingemischt hat." Entschlossen befreite er sich aus Brayans Griff. „Mehr sage ich nicht. Denn wenn du es weißt, wird Shanea es auch in Erfahrung bringen und dann kann ich mich gleich umbrin…"

Er brach mitten im Satz ab, starrte seinen Geliebten überrascht an. „Das… das ist es", flüsterte er. Heftig blinzelnd wich Keli zurück, schüttelte immer wieder den Kopf. „Genau das ist es."

Brayan kniff die Augen zusammen. „Was?" Er schüttelte verständnislos den Kopf. „Was ist es? Wovon redest du?"

„Die Lösung. Ich hab die Lösung! Bei allen Göttern sie ist so einfach." Laut lachend umarmte er den Schwarzhaarigen, wirbelte ihn trotz der noch immer ausgebreiteten Schwingen mehrmals im Kreis.

„Ich versteh kein Wort. Du wolltest gerade was von Umbringen sagen. Du darfst nicht sterben. Das ist es doch was Shanea will."

Keli küsste ihn stürmisch, umfasste Brayans Gesicht mit beiden Händen. „Nein mein Schatz. Genau das ist es was Shanea nicht will. Das will ich feiern. Jetzt gleich. Ich will diesen Triumph auskosten."

„Du spinnst", stellte Brayan klar, noch immer nicht mit Kelis Gedankengängen mitkommend. „Was immer du glaubst, als Lösung gefunden zu haben. Nichts sagt, ob es auch richtig ist."

„Wenn nicht, dann wäre es sowieso zu spät." Keli biss sich auf die Lippen doch es war zu spät. Seine Worte ließen Brayans Augen vor Misstrauen noch schmaler werden.

„Rede endlich", forderte er.

Er legte lediglich seine Finger gegen Brayans Lippen. „Vertraust du mir?"

Obwohl Brayan nichts verstand und ihm Kelis Schweigen mehr als irritierte, sogar ziemlich verletzte nickte er sofort.

„Du erfährst es, versprochen. Aber nicht heute. Jetzt will ich wirklich feiern und wenn wir tatsächlich nur noch etwas mehr als eine Woche Zeit haben, will ich sie genießen. Alles andere wird sich zeigen."

„Du spielst mit dem Feuer." Brayan schob Kelis Hand zur Seite. „Shanea wird das nicht dulden. Reiz ihn nicht. Fordere ihn nicht heraus."

„Ich spiele nach seinen eigenen Regeln. Was will er dagegen tun? Komm schon, lass dich fallen und genieße. Ich jedenfalls brauche jetzt was Ordentliches zu trinken."

Kelis Verhalten wurde für Brayan immer rätselhafter. Erst wühlte er sich wie ein Besessener durch seine Büchersammlung, jagte wie ein gehetztes Tier durch die verschiedenen Länder, dann faselte er unverständliches Zeug und nun wollte er sich scheinbar sinnlos besaufen.

Aber schön. Warum nicht?

Nach Shaneas Auftauchen wollte auch er sich für einige Stunden aus diesem Albtraum ausklinken und nur mit seiner großen Liebe zusammen sein.

Und möglicherweise würde der Alkohol sogar dafür sorgen, dass er vergessen konnte, wessen Körper Keli gerade bewohnte.

14. Kapitel

Brayans Keller gab einiges her. Er lagerte dort nicht nur hervorragende Weine, sondern auch andere alkoholische Getränke. Viele davon waren Keli unbekannt, da er sich in seinem richtigen Leben nur an Met gehalten hatte und später so gut wie nie dazu gekommen war, sich zu betrinken.

Anfangs fiel es dem Schwarzhaarigen noch schwer einfach loszulassen, doch nach der dritten geleerten Flasche schien sein Verstand endlich einverstanden zu sein eine Pause einzulegen. Wozu sollte er sich unnötig über Kelis Verhalten aufregen. Es brachte nichts als Ärger und Streit und darauf konnte er gut verzichten. Dafür war ihre gemeinsame Zeit viel zu kostbar.

Außerdem war Kelis euphorischen Verhalten langsam ansteckend.

Der drehte sich angeheitert im Wohnzimmer zu einer Melodie, die nur er hören konnte, ihn leise summen ließ.

„Komm schon. Tanz mit mir", rief er schließlich.

Brayan lachte, spürte den Alkohol durch seine Adern fließen, fühlte eine angenehme Benommenheit hinter den Schläfen. „Ich kann nicht tanzen."

Entschlossen packte Keli seine Hand, zog ihn auf die Füße und fest an seinen Körper. „Einfach bewegen. Lass dich von mir führen."

Einen Arm um Kelis Hals schlingend, um nicht das Gleichgewicht zu verlieren, schloss Brayan die Augen und ließ sich gegen ihn fallen.

Er spürte das vertraute Kribbeln, genoss Kelis Nähe, die seine Seele so sehr brauchte wie sein Körper Wasser.

Sein Wikinger strich mit den Händen über seinen Rücken, während er sie beide zu der Musik wiegte, die er aus seinen Erinnerungen an seine Jugend in seinem Dorf kannte.

Wild, lockend, leidenschaftlich. Alles konnte passieren, wenn Wikinger sich gehen ließen und er kostete dieses Lebensgefühl aus.

Die ersten Küsse waren noch sanft und vorsichtig. Doch Brayan brachte sein schlechtes Gewissen zum Schweigen, wollte nur noch Keli. Alles andere konnte warten. Für Grübeleien war ein anderes Mal Zeit. Jetzt zählte nur noch sein Gefährte auf den er erneute hundert Jahre hatten warten müssen.

Aufstöhnend erwiderte Keli den leidenschaftlicher werdenden Kuss, lockte mit seiner Zunge und schob seine Hände zwischen ihre Körper in Brayans Hose.

Es musste ja nicht immer gleich Sex sein. Es gab auch andere sehr schöne, sehr angenehme Dinge, die man miteinander erleben konnte.

„Du gehörst mir", keuchte er, als sie sich kurz trennten. „Mein für alle Ewigkeit."

Mit verschleiertem Blick sah Brayan ihn an. „Dein für alle Ewigkeit", wiederholte er leise, küsste ihn erneut.

Brayans Herz kam endlich zur Ruhe und genoss, vergaß vorübergehend alle Sorgen und Ängste. Keli spürte zum ersten Mal seit Langem wieder seine eigene Stärke und den Stolz eines Wikingers in sich erwachen.

Damals hatten sie nur drei Wochen gebraucht, um zu wissen, dass sie füreinander bestimmt waren. Nun zeigten ihre Seelen, dass ihr Bund nichts an Kraft und Intensivität verloren hatte. Sie gehörten zusammen und niemand würde das jemals Ändern können, solange sie zusammen waren.

Keli richtete sich vorsichtig auf und zog seinen Arm langsam unter Brayans Schultern heraus. Der Schwarzhaarige Schlief tief und erschöpft. Er dagegen war trotz eigener Mattigkeit nicht fähig auch nur ein Auge zumachen zu können.

Ständig musste er an seine eigene Erkenntnis denken, daran das Er vielleicht tatsächlich die Möglichkeit gefunden hatte sein und das Leid seines Geliebten zu beenden.

So leise wie möglich öffnete er die oberste Schublade des Nachttisches und betrachtete die dort verstaute Pistole. Erst jetzt begriff er, dass sein Unterbewusstsein schneller gehandelt hatte als er selbst. Anders konnte er sich nicht erklären, dass er sie überhaupt nach dem versuchten Überfall mitgenommen hatte.

Die Hand ausstreckend fühlte er das kalte Metall an den Fingerspitzen. Vielleicht jetzt. Warum noch warten?

Ein helles Aufleuchten und ein warmer Lufthauch lenkten Keli ab. Als er aufblickte, sah er direkt in Nathals ernstes Gesicht.

„Nein Keli. Wenn du es jetzt tust, dann ist dein Handeln wertlos. Shanea muss sich an die drei Wochen halten. Ebenso müsst ihr es auch "

„Er hätte mich fast umgebracht", knurrte er, schob die Schublade aber wieder zu.

„Hätte, nicht hat. Die drei Wochen sind Teil des Deals. Beide Seiten sind daran gebunden."

Nachdenklich nickte Keli, dann wurden ihm die Worte des Engels langsam bewusst. „Ich hab sie also wirklich gefunden? Meine Vermutung ist richtig."

„Ja. Nun wo du dahintergekommen bist, darf ich es bestätigen. Darum bin ich hier. Shaneas Versuch in deinem Geist zu finden, was er zu verhindern sucht, war nur nicht erfolgreich, weil du zu diesem Zeitpunkt noch keine Antwort hattest. Jetzt ist das anders und ich möchte nicht, dass er es erfährt. So stark Brayan durch seine dämonischen Kräfte ist er kann Shanea nichts entgegensetzen, um ihn aufzuhalten. Ich möchte, dass dieses Spiel fair bleibt und dieser Dämon nur hoffen kann, dass du dich nicht retten kannst."

„Fair?" Keli lachte trocken auf. „Ja sicher. So fair, wie es die ganze Zeit war."

„Wir spielen in einer anderen Liga. Warum sollten Menschen unsere Ansichten verstehen müssen? Jahre, Jahrzehnte oder Jahrhunderte bedeuten uns nichts. Dein Geliebter forderte nicht genug und bekam dafür Shaneas eigene Spielregeln vorgesetzt. In dieser Hinsicht ist er in all der Zeit fair geblieben bis er sich für diesen einen Menschen, nämlich Nika als deinen Wirt entschieden hat."

„Besten Dank. Wir sind also nichts anderes als ein paar Figuren auf eurem Spielfeld?"

„Korrekt", gab Nathal ohne Zögern zu. „Aber ich mag diese beiden, nein mittlerweile drei Figuren und ich missbillige, das Shanea gerade Nika da hineingezogen hat. Also bekommt er die Quittung für sein Handeln. Jetzt möchte ich dir helfen, deine Gedanken vor ihm zu schützen."

„Wie?"

„Ich baue eine Barriere in deinen Geist ein die verhindert das Shanea dich lesen kann. Zumindest wird er so nicht erkennen, dass du die Schwachstelle in seinen Überlegungen gefunden hast."

Obwohl Keli gern abgelehnt hätte, so musste er doch zugeben, dass Nathals Hilfsangebot sehr reizvoll war. Der eine Angriff von Shanea war schon schmerzhaft genug gewesen. Auf einen neuen Versuch konnte er gut verzichten.

„Es würde ihn fernhalten?"

„Nein. Aber es würde die Folter ausschließen, die sein Eindringen in deinen Kopf bedeutet. Ich gebe zu wenn Shanea es darauf anlegt, wird diese Barriere nicht halten. Aber sie gaukelt ihm Unwissenheit deinerseits vor, und solange er darauf hereinfällt, reicht es doch. Der Gute ist im Grunde faul. Er wird sich nicht länger als nötig damit beschäftigen."

„Dein Wort in Gottes Ohr", murmelte Keli ein Sprichwort, was er einmal aufgeschnappt hatte. Er konnte nicht einmal mehr sagen bei welchem seiner vielen Leben, aber es schien ihm in diesem Moment ziemlich passend.

Nathal lachte auf. „Welchen Gott meinst du? Jede Religion, ob vergangen oder noch existent hatte andere Namen für dieselben Götter. Alles wiederholt sich, dreht sich um dasselbe Licht."

„Dann deine Worte in den Ohren aller Götter."

Näher tretend legte der Engel seine linke Hand gegen Kelis Stirn. „Sperr dich nicht dagegen, dann geschieht nichts."

Mehr als eine leicht ansteigende Wärme in seinem Kopf bemerkte Keli nicht und sie verschwand genauso schnell wieder.

„Es ist eine Barriere die wie ein Spiegel funktioniert. Sie wirft Shanea das Bild zurück was er sich erhofft, dass du nämlich noch immer über eine Rettung eurer Zukunft grübelst."

Keli nickte, fühlte Erleichterung sich wenigstens ein klein wenig gegen den Dämon wehren zu können. „Danke."

„Dafür nicht. Ich bin dir weit mehr schuldig." Nathal betrachtete einen Moment den fest schlafenden Schwarzhaarigen. „Du solltest die letzte Zeit mit ihm genießen. Irgendwo wo es keine dunklen Erinnerungen für ihn gibt."

„Shanea hat ihn bereits durch die Welt gejagt. Wo sollte es solch einen Ort noch geben?"

„Dein Geliebter leidet. Dein Schweigen mag ihn beschützen wollen aber es verletzt ihn auch."

„Ich bin nicht blind", knurrte Keli, dem es überhaupt nicht gefiel von jemandem darauf hingewiesen zu werden, dass er dazu beitrug, dass es Brayan nicht gut ging. Engel hin oder her, er hatte kein Recht ihm seine Fehler vorzuhalten, noch dazu, wo gerade dieser für diese Katastrophe überhaupt erst verantwortlich war.

„Denk nach Wikinger", forderte Nathal, sah ihn kühl an, da er seinen Ärger sehr deutlich spürte. Wie konnte man mit solch einem wechselhaften Temperament zurechtkommen? Das war mehr als anstrengend. „Wo wolltest du ihn hinbringen damals bei eurer ersten Begegnung?"

Damit entzog er sich einfach den gereizten Blicken und ließ einen verwirrt dreinblickenden Wikinger zurück.

Keli legte sich wieder neben Brayan, zog ihn fest in seine Arme. Nichts wollte er weniger, als diesen zu verletzen. Aber ihm sagen, was geschehen würde, sollten sie scheitern, sollte Shanea seinen Plan in letzter Sekunde doch noch vereiteln können brachte er nicht übers Herz.

Ruckartig hob er noch einmal den Kopf von Brayans Schulter, lächelte dann. Ein Ort, der frei war von schlechten Erinnerungen. Ja, da gab es noch einen und genau da würde er mit seinen Gefährten hingehen

Sanfte Finger geisterten über Kelis Gesicht.

„Klärst du mich jetzt endlich auf?"

Er brummte nur, versuchte die Frage zu ignorieren.

„Keli! Ich weiß, dass du wach bist."

„Es ist besser du weißt nichts. Glaub mir. Ich will dich damit nicht ärgern, sondern nur schützen."

Denn egal ob seine Idee nun wirklich der richtige Weg war, das Ergebnis konnte er so oder so nicht beeinflussen. Das hing voll und ganz von der Glaubwürdigkeit Nathals ab und von der kaum zu hoffenden Ehrlichkeit Shaneas.

So oder so konnte am Ende sein Wissen Brayan nur unüberlegt handeln lassen. Womöglich forderte er den Dämon sogar heraus und diese Folgen wollte er sich gar nicht ausmalen müssen.

Die Augen öffnend sah er den Schwarzhaarigen zärtlich an. „Ich möchte nur jede Sekunde mit dir genießen. Alles andere erfährst du, wenn unsere Zeit abgelaufen ist."

„Shanea wird es herausfinden. Ich kann ihn nicht aufhalten, wenn er noch einmal hier auftaucht."

„Er wird es nicht erfahren. Jetzt nicht mehr."

Misstrauisch kniff Brayan die Augen zusammen.

„Vertrauen, Geliebter. Was ich weiß wird er nicht kennen. Aber was du weißt, kann nicht geschützt werden."

„Nun faselst du schon wirres Zeug." Er seufzte. „Vertrauen? Ja Keli. Gebe es das nicht, müsste ich sehr zweifeln. Aber es ist da und so werde ich warten."

Keli zog ihn zu sich, küsste ihn ausgiebig.

Oh ja. Brayan liebte diesen Wikinger und er vertraute ihm, vielleicht mehr als gut war. Und es war so leicht, diese erdrückende Last der Verantwortung für ihr tausendjähriges Leid einmal abzugeben und sich einfach nur fallen zu lassen.

Nebeneinanderliegend hob Keli seine Hand, zog Brayans ebenfalls hoch, da ihre Finger fest miteinander verflochten waren. Er küsste dessen Handrücken.

„Ich möchte die letzten Tage mit dir genießen."

„Ach? Waren die vergangenen Wochen kein Genuss?"

Keli lachte auf. Wenn Brayan Scherze machen konnte, ging es ihm gut. Das war beruhigend. "Ich möchte dir gern meine Heimat zeigen. So wie es vor so vielen Jahrhunderten vorhatte."

Brayan richtete sich auf und sah ihn überrascht an. „Schweden? Du willst jetzt nach Schweden?"

„Ja."

Kurz driftete Brayans Blick nachdenklich ab, dann nickte er langsam. „Okay. Warum nicht? Ich wollte deine Heimat sowieso kennenlernen. Ich weiß nur nicht, wie viel nach all der Zeit noch da ist."

„Das Land wird nicht verschwunden sein."

„Nein", lachte der Schwarzhaarige. „Das mit Sicherheit nicht."

Sie verbrachten eine wundervolle Zeit in Schweden. Abgeschottet von jeglicher Zivilisation verdrängten sie alle Gedanken an die Zukunft und lebten und genossen.

Keli begann sogar damit, zu trainieren.

Nikas Fitness war zu seinem Bedauern nicht die Beste. Dieser Körper hatte keinerlei Konditionen. Das wollte er ändern.

Wenn er damit tatsächlich nach Ablauf der Frist leben musste und konnte, dann mit Sicherheit nicht so schwächlich wie bei Shaneas Angriff.

Selbst wenn er niemals an die Kräfte eines Dämons herankommen würde, es konnte nur nützlich sein, etwas gelenkiger und ausdauernder zu sein.

Vergessen hatte Keli nichts von seiner damaligen Ausbildung, egal wie viele Jahrhunderte seitdem vorübergezogen waren.

Und es tat gut, zu spüren, wie er stärker wurde. Wie er auch im Körper einer Frau kraftvoller wurde.

Außerdem musste er sich ablenken. Kein Sex war auf die Dauer auch sehr frustrierend.

Wie hielt Brayan das die ganze Zeit über nur aus?

Gab es etwa in der Vergangenheit Geliebte, die ihm geholfen hatten, die Einsamkeit zu überstehen?

Das konnte sich Keli nicht vorstellen.

Dafür war Brayan nicht der Typ. Treue stand bei ihm mit an oberster Stelle.

Er ließ sich nun sogar dazu überreden, ebenfalls mitzumachen und zu üben, auch wenn deutlich zu sehen war, dass seine dämonischen Kräfte gar keine Schwäche zuließen, ihn problemlos alle Übungen absolvieren ließen.

Außerdem redeten sie viel. Etwas wofür sie früher nie richtig Zeit gefunden zu haben schienen. Stets waren andere Dinge wichtiger gewesen.

Brayan erfuhr von Kelis Zeit mit seiner Familie in seinem Dorf, amüsierte sich über die kleinen und großen Streiche, die dieser als Kind ausheckte.

Das Dorf selbst existierte nicht mehr aber der Küstenstreifen hatte sich kaum verändert, sodass Keli diesen recht schnell gefunden hatte.

Keli hörte viele Dinge aus den Zeiträumen die Brayan ohne ihn verbringen musste, von den vielen Erfindungen, dem rasanten Wandel gerade in den letzten Jahrzehnten und vor allem von den Jahren in denen er sich um Nika kümmerte.

Konnte ihre Bindung noch fester werden?

Für beide fühlte es sich so an und es war Balsam auf ihre geschundenen Seelen.

Kelis Zuversicht auf ein baldiges, vor allem aber positives Ende ihres Leidensweges übertrug sich nach und nach auch auf Brayan.

Selbst wenn dieser noch immer nichts von Kelis Erkenntnissen wusste, er glaubte ihm, dass sie es schaffen würden, klammerte sich an diesen hauchdünnen Faden, der ihn vom Abgrund des vollkommenen Kontrollverlustes seiner nichtmenschlichen Seite fernhielt.

Zusammengerollt in dem mitgenommenen Zelt, eingehüllt in Brayans Dämonenschwingen wollten beide nur eins – eine gemeinsame Zukunft.

15. Kapitel

Als sie wieder wohlbehalten in der Eingangsdiele des, während ihrer Abwesenheit von Michael penibel sauber gehaltenen Londoner Stadthauses standen, seufzte Brayan leise auf.

„Du grübelst schon wieder", stellte Keli fest, löste den Griff um die Taille seines Geliebten.

„Sicher doch. In drei Stunden wird der letzte Tag anbrechen. So gern ich mich auch verstecken möchte, dich verstecken will, ich weiß das Shanea uns überall findet. Und ich weiß nicht, wann er diesmal zuschlägt."

„Es wird dieses Mal nicht klappen."

Sofort verengten sich Brayans Augen zu schmalen Schlitzen und er musterte den Blonden. „So zuversichtlich?"

„Hundertprozentig." Er legte vielsagend seinen Zeigefinger an Brayans Lippen. „Und nein. Ich sage nichts. Frag gar nicht erst."

„Ich mag es nicht. Es gefällt mir überhaupt nicht, dass ich nicht weiß, was du vorhast."

„Wie bereits erwähnt. Was du nicht weißt, kann Shanea nicht erfahren."

Nachgebend nickte der Schwarzhaarige. Es hatte die letzten Tage nichts gebracht nachzufragen, er würde nun auch nichts mehr aus Keli herauslocken. Alles, was ihm blieb, war die Hoffnung, dass dieser unbekannte Plan funktionierte und sie den Dämon endlich loswerden konnten.

„Genießen wir den Rest des Abends und sehen was passiert." Keli ging ins Wohnzimmer, hockte sich vor den Kamin und begann dort ein Feuer zu entfachen.

Brayan blieb an einem der Fenster stehen. „Es schneit", stellte er überrascht fest. „Früh dieses Jahr."

„Es ist bald Mitte November."

„Ich weiß." Sogar sehr genau wusste er das, da diese Jahreszeit für ihn stets in absoluter Dunkelheit lag, vor allem der Monat nach einem erneuten Verlust seines Gefährten. Brayan hatte den Dezember, der für viele Menschen durch Weihnachten einen Hauch von Gemütlichkeit, Familiennähe und Liebe besaß, hassen gelernt.

„Komm her." Keli winkte ihn zu sich, zog ihn, kaum dass Brayan bei ihm war vor sich auf den Boden. Langsam begann er, ihm die verspannten Nackenmuskeln zu massieren.

„Ich lasse dich nicht allein", flüsterte er ihm ins Ohr. „Nie wieder."

Wie gern würde Brayan diese Worte einfach hinnehmen und ihre Bedeutung genießen, aber der bittere Beigeschmack verhinderte das, erinnerte er doch zu stark an die vergangen Versprechen, die Keli nicht einhalten konnte.

Ruckartig fuhr Keli aus dem Dämmerschlaf auf, blickte sich leicht orientierungslos um. Sie lagen noch immer im Wohnzimmer vor dem Kamin auf dem weichen Teppich. Das Feuer war bereits ziemlich heruntergebrannt und glimmte nur noch vor sich hin.

Für ihn war es überraschend, dass sie eingeschlafen waren. Sie mussten beide mehr unter Stress stehen als gedacht, dass sowohl Geist und Körper einfach, trotz ihres Urlaubs, nach Erholung verlangten, und sich dies gerade jetzt, trotz oder gerade wegen dieses Tages, holte.

Brayan schmatzte leise, rollte sich etwas zur Seite wachte jedoch nicht auf.

Moment. Was hatte ihn überhaupt geweckt?

Nun angespannt lauschend richtete Keli sich mehr auf. Sein Blick blieb dabei auf der großen Standuhr neben der Tür hängen, dessen großer Zeiger gerade auf die Zwölf glitt, während der Kleine sich auf der eins festgesetzt hatte.

Da es draußen dunkel war, konnte dies nur bedeuten, dass es noch mitten in der Nacht war. In Kelis Kopf rasten die Gedanken.

Wenn er dieses Haus nicht verließ und Shanea somit keine Möglichkeit bot, ihm draußen nach dem Leben zu trachten würde der Dämon alles Daransetzen ihn hier drin zu erledigen.

Im selben Augenblick hörte er ein Geräusch im Flur.

Michael?

Nein, der hatte sich am Abend noch erkundigt, ob sie etwas brauchten und sich dann in sein Zimmer zurückgezogen, wobei Brayan hartnäckig darauf bestand, dass er dieses für den gesamten kommenden Tag nicht verlassen sollte.

Nicht noch ein Leben, das er wohlmöglich nicht schützen könnte.

Einbrecher?

Den Anflug von Panik kämpfte Keli entschlossen nieder, sprang auf und rannte zur Tür.

Verdammt, warum hatte er nicht daran gedacht dass Shanea sich durch nichts aufhalten ließ?

Wo waren vorhin seine Gedanken gewesen?

Brayan hatte ihn schließlich gewarnt.

Und genau das hatte ihn dann auch abgelenkt. Für Keli stand nun einmal Brayan an erster Stelle und diesen zu beruhigen hatte oberste Priorität gehabt.

Nun hatte er das Dilemma. Er musste nach oben in den ersten Stock, ohne dass er vorher von wem auch immer umgebracht wurde.

Die Tür öffnend versuchte Keli etwas in der dunklen Diele zu erkennen, ohne dabei selbst gesehen zu werden. Zuerst schien dies unmöglich, doch dann nahm er aus den Augenwinkeln eine Bewegung am Ende des Ganges zur Küche wahr.

Tief durchatmend sprintete er auf die Treppe zu, hörte, wie der Einbrecher fluchend seine Anwesenheit bemerkte.

Der laute Knall des Schusses ließ ihn noch schneller die Stufen nehmen. Er glaubte sogar, die Kugel knapp an sich vorbeifliegen zu hören. Mit wild rasendem Herz erreichte Keli das obere Stockwerk, rannte aber ohne stopp direkt weiter.

Brayan schoss regelrecht auf die Beine, als der Schuss fiel. Seine eigenen Sinne befanden sich noch im Halbschlaf, seine dämonische Seite aber reagierte sofort, übernahmen ohne Zögern die Führung. Als er aus dem Zimmer stürmte, sah er mit seinen verschärften Sinnen einen Mann die Treppe hinaufrennen, der eindeutig nicht Michaels Körperstatur aufwies. Ebenso hörte er die Tür seines Schlafzimmers ins Schloss fallen.

Die Flügel brachen aus seinem Rücken hervor, schlugen kräftig aus, sodass er nur zwei Sekunden später über das Geländer sprang und auf den Fremden zustürzte, der gerade nach der Türklinke griff und die Schlafzimmertür aufstieß.

Brennende Wut trieb Brayan an und seine Krallen gruben sich in den Rücken des Mannes, als dieser die Hand hob und einen weiteren Schuss abfeuerte.

Den zweiten Knall hätte der Schwarzhaarige ohne die dämonischen Kräfte überhört. So aber ging er verwirrt mit dem Fremden zu Boden, ließ die Krallen dessen Lungen aufreißen, während sein Verstand versuchte, zu ergründen, was dieser Schuss bedeutete.

Die Tür zuwerfend stolperte Keli an dem Bett vorbei, fiel auf die Knie und riss die Nachttischschublade aus ihren Schienen, während er nach der Pistole griff.

Keinen Augenblick zu spät drehte er sich mit der Waffe um, sah die Tür wieder aufspringen. Ohne Zögern drückte er den Lauf gegen seine Brust, zog den Abzug durch, hörte und sah gleichzeitig, wie der Einbrecher erneut auf ihn schoss.

Das Eindringen der Kugeln nahm Keli kaum wahr, sah stattdessen nur Brayan der den Fremden zu Boden warf. Dann schaffte er es nicht mehr überhaupt noch irgendetwas zu kontrollieren, fühlte nur noch tiefe Schwärze auf sich zurasen.

Hatte er es geschafft?

War er schnell genug gewesen?

Das Aufbrüllen des Schwarzhaarigen hallte durchs gesamte Haus. Er hechtete auf Keli zu, riss ihm die Waffe aus den Händen und begann ihn heftig zu schütteln.

„Keli! Nein. Nein. Nein. Keli! Mach die Augen auf." Er schlug ihm sogar ins Gesicht, doch die Lider hoben sich nicht. „Keli!"

Immer heftiger bäumte sich seine dämonische Seite auf und riss heftig an den letzten Fesseln, mit denen Brayan sie daran hinderte, die absolute Kontrolle über ihn zu bekommen.

In seinem Kopf dröhnten nur zwei Namen, die diese Fesseln immer dünner werden ließen.

Keli!

Nika!

Die Dunkelheit war so verlockend. Es schien so einfach nachzugeben und den dämonischen Kräften die Führung komplett zu überlassen.

Wozu sollte er noch weiter kämpfen, wenn er nun nicht nur seinen Geliebten, sondern auch noch seine Adoptivtochter verloren hatte. Diese würde nicht einmal mehr eine neue Chance erhalten. Nika war für immer fort.

„Nicht nachgeben."

Die fremde Stimme klang so sanft und doch bohrte sie sich wie glühender Stahl in Brayans tobenden Emotionen.

„Er hat es geschafft. Wenn du jetzt nachgibst, war alles umsonst."

Nur ganz langsam wich das rotglühende Feuer aus seinen blauen Augen und Brayan erkannte einen weißhaarigen jungen Mann, der neben ihm kniete.

„Kämpfe den Dämon in dir noch einmal nieder. Kelis Kugel traf zuerst. Er hat das Spiel mit Shanea beendet."

„Er ist Tod", krächzte Brayan, fühlte die scharfen Eckzähne über seine Zunge kratzen.

„Darum bin ich hier. Jetzt werde ich das richten, was durch mein Verschulden damals ausgelöst wurde."

Nur widerwillig ließ Brayan zu, dass der Unbekannte Nikas Körper aus seinen Armen zog, fühlte gleichzeitig das Erscheinen eines weiteren nichtmenschlichen Wesens.

„Du kommst genau richtig", kommentierte der Weißhaarige und sah an Brayan vorbei zur Tür wo Shanea aufgetaucht war und diesen mit wütend funkelnden Augen anblickte.

„Du…"

„Nein Dämon. Ich habe nichts getan. Keli hat allein zur Lösung gefunden und von eigener Hand dein Spiel beendet. Erinnere dich an deine eigenen Worte: ‚Stirbt dein Geliebter nicht durch fremde Hand, so dürft ihr eure Liebe für die Ewigkeit genießen.' Seine Kugel traf ihn zuerst. Keli tötete sich selbst. Somit ist Brayans Teil des Deals erfüllt. Nun erfüll du den deinen."

Shaneas Blick war finster wie die dunkelste Nacht. „Er hätte niemals den einzigen Ausweg finden sollen."

„Natürlich nicht. Wie hätte auch jemand erwarten sollen, dass sich ein Mensch selbst tötet, wenn er gerade vollkommen glücklich mit der Liebe seines Lebens ist? Aber Keli hat es getan. Aus genau dem Grund: Liebe!"

Brayan saß nur zusammengesunken am Boden, hörte die Worte zwar doch sie rauschten eher wie Wasser an ihm vorbei ohne das Er deren Bedeutung verstand. Viel mehr kämpfte er darum, die Scherben seines erneut in tausende Teile zerbrochenen Herzens festzuhalten, um nicht in der nächsten Minute den Verstand zu verlieren.

Das Blut auf Kelis Hemd und das an seinen eigenen Händen war dabei nicht wirklich hilfreich. Vielmehr reizte es seine dämonische Seite, doch noch die Oberhand zu gewinnen.

Nur entfernt spürte er die warme, beruhigende Präsenz des Engels, der Nikas Körper eisern festhielt und dem erbosten Blicken des Dämons unnachgiebig standhielt. An dieses Licht klammerte der Schwarzhaarige sich wie ein Ertrinkender an einen Rettungsring.

„Nun?" Nathal hob eine Augenbraue. „Handle endlich Shanea. Gib Kelis Seele endlich frei."

Ein gefährliches Lächeln breitete sich auf dem Gesicht des Dämons aus. „Tja Nathal. Da gibt es ein Problem. Der Körper, den er bekommen könnte, liegt in deinen Händen. Und du hältst gerade eisern daran fest, dass dieser dumme Mensch – wie hieß sie noch gleich? – Nika nicht endgültig daraus verschwindet. Mir sind sozusagen die Hände gebunden."

„Mach dich nicht lächerlich", knurrte der Engel erbost über den schwachen Versuch sich aus der Verantwortung zu ziehen. „Ich will Kelis Seele. Um den Rest kümmere ich mich. Weiß dein Boss eigentlich, was du hier treibst?"

"Luzifer muss nicht alles wissen, oder?"

Langsam hob Brayan den Kopf, fixierte mit brennenden Augen Shanea. „Halte die Vereinbarung ein. Ich bin dir nichts mehr schuldig", krächzte er.

Kopfschüttelnd hob Shanea die Hände. „Schön. Du hast gewonnen Brayan. Meine Hochachtung, bisher seid du und dein Gefährte die Einzigen. Mir hat das Spiel gefallen. Ruf mich, wenn du wieder Interesse hast."

Er nickte Nathal kurz zu, packte die Leiche des Einbrechers und verschwand dann, hinterließ lediglich ein leises Knistern der Luft.

Brayan sah ängstlich zu Nathal, doch der nickte beruhigend.

„Ich habe beide bei mir. Du kannst sie nicht sehen, deine dämonische Seite verhindert dies."

Aufatmend sackte Brayan noch weiter zusammen, schluchzte leise. „Und jetzt? Was…?"

„Ich werde mein Versagen von damals wiedergutmachen, indem ich deinem Geliebten seinen Körper zurückgebe, doch statt Keli dann ins Paradies zu geleiten lasse ich ihn bei dir. Dir ist diese Option nicht mehr gegeben und ihr musstet bereits lange genug leiden. Daher werdet ihr eure gemeinsame Ewigkeit hier auf Erden verbringen."

Die Worte klangen so unglaublich, dass Brayan sie nicht fassen konnte. Heftig blinzelnd schüttelte er den Kopf. „Du kannst das?"

„Dieses Mal ja." Nathal schmunzelte vergnügt. „Ich habe mir zuvor natürlich die Erlaubnis eingeholt. Auch Götter machen Fehler, und wenn sie diese einsehen, dann tun sie viel, um es wiedergutzumachen. Es geschieht nicht oft, dass ein Dämon uns in die Quere kommt. Wenn doch, dann sind die Folgen immer weitreichend. In eurem Fall wäre dies hier euer letztes Wiedersehen gewesen."

„Was?"

„Du hast sie gespürt. Die Wut, die Verzweiflung. Dein Schmerz war diesmal weit größer, da du gleich zwei geliebte Menschen verloren hast." Jetzt konnte Nathal auch ihm endlich sagen, was passiert wäre, hätte Keli keine Lösung gefunden. „Deine dämonischen Kräfte hätten dein eigenes Wesen vernichtet und niemand hätte dich mehr aufhalten können. Dieses Mal wäre es nicht nur beim Töten von Kelis Mörder geblieben. Du hättest die gesamte Welt in den Untergang geführt, solange gemordet, bis die menschliche Rasse ausgelöscht wäre. Somit aber hättest du Keli jegliche Chance für eine weitere Wiedergeburt genommen. Die Götter hätten dich direkt in die Hölle schicken müssen. Als ein Sklave Luzifers für alle Ewigkeit."

Übelkeit brandete in Brayan auf. Nun verstand er auch warum Keli so eisern geschwiegen hatte. „Keli wusste das?"

„Ja. Ich habe es ihm gesagt. Diesen Teil durfte ich ihm offenbaren."

Mühsam die Tränen zurückhaltend, die dieser Schock gerade auslösen wollte, sah Brayan wieder auf den leblosen Körper vor sich.

„Und Nika?"

„Ihre Seele ist noch in diesem Körper. Sie hat ihn nie verlassen. Ihre Zeit war noch nicht gekommen. Noch ein Grund, weshalb die Götter nicht länger stillschweigend zusehen wollten. Shanea hat die Falsche gewählt. Sie wurde dir geschickt, um dich stärker an deine menschliche Seite zu binden. Ich kann dir deine Adoptivtochter nicht für die Ewigkeit wiedergeben aber ich kann ihr das Leben zurückgeben, was sie führen sollte."

Heftig nickend wischte der Schwarzhaarige sich über die tränennassen Wangen. „Oh ja bitte", flehte er leise.

Nathal schloss die Augen, legte eine Hand auf Nikas Brust. Wenig später fielen die beiden Kugeln auf den Teppich und gleich darauf bäumte der Körper sich auf, als sich die Lungen mit einem heftigen Atemzug mit Luft füllten.

Nichts konnte Brayan noch halten. Er riss Nika in seine Arme, hielt sie weinend fest an sich gedrückt.

„Ich werde Keli noch zu dir schicken." Nathal strich einmal sanft über Brayans zerzaustes Haar, dann verschwand er in einem Luftflimmern.

16. Kapitel

Brayan saß an dem Bett in das er Nika verfrachtet hatte in dessen Zimmer. Nachdem er sich und seine Tochter mit Michaels Hilfe von dem ganzen Blut gesäubert hatte, hielt er nur noch dessen Hand, beobachtete jeden einzelnen Atemzug der noch Bewusstlosen mit Argusaugen.

Die Haut über der linken Brustseite zeigte keinerlei Spuren der Einschüsse. Nichts deutete mehr darauf hin, was vor einigen Stunden passiert war.

Michael war vor einiger Zeit auf dem zweiten Stuhl neben ihm eingeschlafen, trotz aller Besorgnis, ob es Nika auch wirklich gut ging.

Bisher wartete Brayan vergeblich darauf, dass Nathal auch den zweiten Teil seines Versprechens einhielt. Jedoch war er wie betäubt, konnte kaum klar denken. Er fühlte keine Wut, keinen Ärger, keine Angst, keine Freude, keine Erleichterung. Es war eher so, dass er wie in einer Luftblase schwebte, sein Geist noch nicht zulassen konnte, sich der Realität zu stellen.

Es war vorbei.

Endgültig.

Doch begreifen konnte er es nicht. Dafür fehlte eben der letzte Beweis. Solange es diesen nicht gab, wartete er.

Diese Fähigkeit hatte Brayan ja schließlich ausgiebig trainieren können.

Langsam regte sich Nika, zeigte erste Anzeichen von Erwachen. Als sich ihre Lider hoben, lächelte der Schwarzhaarige vorsichtig, nicht sicher, was seine Adoptivtochter von den vergangenen drei Wochen überhaupt mitbekommen hatte.

„Du?" Verwirrt runzelte die Blonde die Stirn. „Was...? Wo bin ich?" Ihr Blick glitt durch den Raum, erkannte die vertrauten Möbel. Wenn es auch nicht mehr viele persönliche Dinge hier von ihr gab – schließlich wohnte sie längst in ihren eigenen vier Wänden – wusste sie sofort, wo sie war.

Es bereitete ihr sichtlich Mühe sich aufzusetzen und sie fasste sich aufstöhnend an den Kopf. „Was ist passiert? Ich war zu Hause."

„Richtig."

Brayans Herz raste. Waren das Nikas letzte Erinnerungen? Wenn, dann würde er schweigen wie ein Grab. Dann musste sie wahrlich nichts über die nachfolgenden Tage wissen.

Leider wurde dieser Gedanke mit den nächsten Worten der Blonden zerschlagen. „Du bist aufgetaucht. Mit diesem Ring. Du..." Immer größer wurden ihre Augen und sie schnappte heftig nach Luft. „Was ist passiert?", fragte sie fast panisch.

„Du willst die Einzelheiten nicht wissen, glaub mir das."

Misstrauisch sah sie Brayan an. „Es geht dabei doch um mich. Dann will ich alles wissen."

Entschlossen schüttelte der Schwarzhaarige den Kopf. „Deine Vermutung ist richtig. Shanea hat deinen Körper für Kelis Wiedergeburt benutzt." Diesmal erreichte das Lächeln sogar seine Augen und ließen diese leuchten. „Aber Keli hat es geschafft. Wir sind den Dämon los, ein für alle Mal. Mit seiner Wahl hat Shanea für ziemlichen Ärger gesorgt bei einigen Leuten und so gaben sie dir dein Leben zurück."

Deutlich war zu erkennen, dass die Blonde mit dieser knappen Erklärung überhaupt nicht zufrieden war, sie weit mehr Fragen als Antworten hinterließ. Doch Brayan schwieg.

„Wo ist Keli?"

„Ich weiß es nicht", flüsterte Brayan. „Ich weiß es wirklich nicht. Und da mein Vertrauen in alle übernatürlichen Wesen stark gelitten hat, wenn es denn je so etwas wie Vertrauen gab, habe ich auch keine große Hoffnung, dass ich es so schnell erfahren werde."

Nika sank zurück auf die Kissen. Ihr Körper fühlte sich völlig zerschlagen an, ganz so als hätte sie eine schwere Krankheit oder möglicherweise sogar so was wie eine Nahtoterfahrung hinter sich. Zumindest glaubte sie, dass man sich da ebenso schwach und müde fühlen musste, schließlich kämpfte man ja dagegen an, tatsächlich zu sterben.

„Darüber reden wir noch", murmelte sie, konnte kaum die Augen offen halten. „Ich will alles wissen. Niemand nistet sich in meinem Körper ein und lässt mich dann dumm mit einer solchen Wissenslücke zurück."

„Es wäre besser du würdest es nicht wissen wollen."

„Pah." Sich zur Seite drehend zog Nika die Decke zurecht. „Keli in meinem Körper? Hältst du mich für dämlich?"

Das Brayan tatsächlich errötete und den Blick abwandte ließ ihre Augen groß werden.

"Bitte nicht!"

"Nein. Das nicht! Aber wir haben uns geküsst und..."

„Das ist ein Albtraum. Es muss einer sein. Ich werde eine Therapie brauchen." Das stärker werdende Pochen hinter den Schläfen bremste ihre Grübeleien aus. „Später", murrte sie daher. „Sobald ich mich nicht mehr fühle wie halb tot."

Brayan nickte während Nika ziemlich schnell wieder wegdämmerte. Scheinbar würde er nicht um eine ausführliche Erklärung herum kommen. Keine erfreuliche Aussicht, auch wenn ja wirklich nicht mehr als Küsse und Berührungen zwischen Keli und ihm vorgekommen waren. Aber wenn das der Preis dafür war, dass er die Blonde als seine Tochter wiederhatte, zahlte er ihn gern.

Gerade, als er sich auf dem Stuhl zurücklehnen wollte um weiter am Bett Wache zu halten, polterte es in einem der anderen Zimmer.

Alarmiert sprang Brayan auf und lief hinaus.

Äußerst schmerzhaft landete Keli bäuchlings auf dem Bett, das ächzend unter dem harten Fall nachgab.
Sein Körper fühlte sich matt an. Er schaffte es kaum, überhaupt einen Finger zu bewegen. Zusätzlich drückte ein ungewohntes Gewicht auf seinen Rücken.
Moment.
Keli kämpfte verbissen darum, zumindest die Augen aufzubekommen.
Körper?
Im selben Augenblick hörte er einen erstickten Aufschrei, dann wurde er hochgerissen und jemand umklammerte ihn mit festem Griff.
Der so vertraute Duft, der ihm in die Nase stieg, ließ ihn schwach lächeln. „Brayan."
„Nathal hat Wort gehalten. Er hat es wirklich geschafft." Die Umarmung wurde noch enger, sodass Keli Angst bekam, dass gleich seine Rippen brachen.
„Luft!", flehte er japsend, atmete erleichtert auf als Brayan seinen Griff lockerte.
„Wort gehalten? Ich versteh überhaupt nichts."
Sanft strich der Schwarzhaarige über Kelis Wangen. „Du bist hier. Du Keli! Ganz allein du." Er lachte übermütig vor Erleichterung und Freude auf. „Naja. Eine kleine Veränderung gibt es aber ansonsten hat Nathal das wirklich gut hinbekommen."
Keli musste ihn reichlich verwirrt angesehen haben denn Brayan ließ ihn los und verschwand kurz im Bad, kam mit einem Handspiegel zurück. „Fürs Erste muss der reichen. Ich hoffe doch dieser Engel hat an wirklich jedes Detail gedacht."
Damit hielt er ihm den Spiegel vors Gesicht.
Keli konnte nur sprachlos hineinsehen. Grüne Augen blickten zurück. Seine Gesichtszüge, so vertraut und doch schon beinahe vergessen. Das unbändige rotblonde Haar.
„Das bin ich", stellte er heiser fest, blinzelte mehrmals, ohne dass sich das Bild änderte.
„Ja."
„Wie?"
„Nathal hat gesagt er würde dir deinen Körper zurückgeben." Brayan zögerte kurz, sprach dann aber bedrückt weiter. „Jedoch hast du damit auch deinen Platz im Paradies verloren."
Keli erinnerte sich daran, dass der Engel so etwas schon einmal ihm gegenüber erwähnt hatte. „Was will ich mit dem Paradies, wenn ich dich dort nicht bei mir habe?" Er lächelte Brayan zärtlich an. „Du bist mein Paradies."
„Schmeichler."

Nun musste der Rotblonde lachen, auch wenn es ihn ziemlich anstrengte. „Tja. Mein Name muss sich doch mal auszahlen. Keli bedeutet nämlich Schmeichler." Er versuchte sich aufzurichten aber seine Arme verweigerten ihm strikt den Dienst.

Brayan half ihm dabei, bis er auf dem ramponierten Bett saß. Fast kippte er wieder vorneüber und wandte irritiert den Kopf nach hinten. „Was bitte…?"

Sein Blick haftete an den riesig wirkenden Flügeln, die hinter ihm aufragten. Die weißen Federn schimmerten wie frisch gefallener Schnee, waren lediglich an den Spitzen rötlich angehaucht.

„Sie sind wunderschön", erklärte Brayan ehrfürchtig, streckte die Hand aus als wollte er sie berühren, hielt sich jedoch im letzten Moment davon ab.

„Flügel?"

„Nun. Eigentlich gehörst du ja gar nicht mehr hier auf die Erde. Ohne Shanea würdest du längst auf irgendeiner Wolke sitzen und mit einer Harfe klimpern", versuchte der Schwarzhaarige zu scherzen.

Langsam breitete sich ein recht zufrieden wirkendes Lächeln auf Kelis Gesicht aus, da ihm längst unzählige Möglichkeiten durch den Kopf schossen, die ihm damit offen standen. Am liebsten hätte er einige sofort ausprobiert musste jedoch einsehen, dass er sich wahrscheinlich nicht mal auf seinen eigenen Beinen würde halten können.

Brayan umarmte ihn erneut. „Wir haben jetzt wirklich die Ewigkeit um zu sehen, was sie können. Im Augenblick will ich dich nur hier bei mir wissen. Ganz nah. Ich liebe dich."

Den Kuss erwidernd schloss Keli die Augen, strich mit den Fingern durch die schwarzen Haarsträhnen. „Ich liebe dich", flüsterte er dann, als sie kurz Luft holen mussten.

„Auf ewig dein", erklärte Brayan.

„Dein auf ewig", erwiderte Keli.

Die dunklen Schwingen brachen aus Brayans Rücken hervor und Federn strichen über ledrige Häute, ließen beide Träger erbeben.

Epilog

Blass und müde saß der Mittvierziger am Bett seines Sohnes.

Die lebenserhaltenen Geräte waren soeben von den Ärzten abgeschaltet worden und er war allein um sich von ihm verabschieden zu können.

Verabschieden?

Wie sollte sich ein Vater von seinem gerade zwölfjährigen Sohn verabschieden?

Kinder starben nicht vor den Eltern. So etwas durfte es einfach nicht geben.

Und doch lag Jimmy hier, ausgemergelt und bleich, atmete flach und schien selbst nicht mehr willens diese lebenswichtige Tätigkeit aufrechtzuerhalten.

Trotz aller Forschungen, trotz der vielen Medikamente und zahllosen Bestrahlungen war der Krebs stärker als sein kleiner Junge.

„Du darfst mich nicht verlassen. Ich liebe dich mein Schatz."

Sein Blick glitt zum Fenster, zu den vorbeiziehenden dunklen Regenwolken. „Ich habe sosehr um Hilfe gebetet."

„Und du bist erhört worden."

Die fremde Stimme ließ ihn zum Fuß des Bettes blicken. Der dort stehende Mann wirkte unheimlich, vor allem die tiefschwarzen Augen und das Feuerfarbende Haar, das scheinbar ein Eigenleben führte und um seine Schultern herum wallte. Die riesigen dunklen Flügel hinter seinem Rücken jagten dem Mann Schauer durch den Körper, sahen diese schließlich so als, als gehörten sie zu einer überdimensionalen Fledermaus, nicht zu einem Menschen.

Fantasierte er?

Kamen sie schon um Jimmy zu holen?

Verlor er gerade den Verstand?

„Wer sind sie? Was tun sie hier? Die Ärzte sagten niemand würde dieses Zimmer betreten", brachte er mühsam hervor.

„Ich bin doch nicht niemand. Mein Name ist Shanea und ich kann dir helfen."

Ungläubig blinzelte Thomas. „Helfen? Keiner kann mehr helfen. Mein Sohn stirbt."

Der Dämon musterte das zerbrechliche Kind zwischen dem weißen Bettzeug. „Er stirbt nicht, er ist bereits tot."

Entsetzt schoss Thomas Kopf zurück zu Jimmys Gesicht, doch dort regte sich nichts mehr. Auch der Brustkorb bewegte sich nicht.

„Nein. Nein! Ich will meinen Sohn zurück", schrie er, umklammerte die dürre Hand des Jungen.

„Mehr verlangst du nicht?", fragte Shanea lauernd, während seine Augen aufleuchteten.

Thomas liefen Tränen über die Wangen. Er schüttelte den Kopf. „Ich will nur meinen Sohn zurück. Egal zu welchem Preis. Er darf doch nicht einfach sterben. Er ist viel zu jung dafür."

„Gut. Ich gewähre dir deinen Wunsch."

Verwirrt sah Thomas ihn bei diesen Worten wieder an. Sollte er diesen Mann wirklich ernst nehmen?

Konnten Engel - war der überhaupt einer? - Wünsche erfüllen?

Es wäre ein Wunder.